Die chinesische Truhe

Alle Figuren dieses Kriminalromans sind frei erfunden.
Ähnlichkeiten mit realen Personen wären reiner Zufall.

CLAUDINE SANDOZ

Die chinesische Truhe

Ein Kriminalfall in Hongkong

Bibliografische Information der Deutschen Nationalbibliothek:

Die Deutsche Nationalbibliothek verzeichnet diese Publikation in der Deutschen Nationalbibliografie; detaillierte bibliografische Daten sind im Internet über http://dnb.d-nb.de abrufbar.

© 2016 Claudine Sandoz

Satz, Umschlaggestaltung, Herstellung und Verlag:

BoD- Books on Demand

ISBN: 978-3-7386-8030-0

Personen

Hongkong

Gerald Wong	Geschäftsführer
Ted Chung	Mitarbeiter von Gerald Wong
Roxanne	Sekretärin
Wai Kei	Fahrer
Pamela Bright	Junge Engländerin
Harry	Englischer Kollege von Pamela Bright
Sue	Chinesische Kollegin von Pamela Bright
Ann	Kollegin von Pamela, Harry und Gerald
Arthur Whitewood	Zeuge des Anschlags auf Pamela Bright
Inspektor Chan	Leiter der Ermittlungen
Brian Lee	Angestellter in einer Logistikfirma
Peter Ko	Vorgesetzter von Brian Lee

England

Mildred Brass	Bekannte von Pamela Bright in Livinfield
Kathleen	Hausangestellte von Mildred Brass
Bill Partridge	Butler bei Mildred Brass
Amanda Woodley	Nachbarin von Mildred Brass
Axel	Bekannter von Gerald Wong
Nora	Buchhändlerin in Livinfield
Inspektor Gray	Mitarbeiter von Superintendent Barber
Superintendent Barber	Leiter von Sonderermittlungen in Livinfield

I

Es war ein sonniger Tag im März. Zwei junge chinesische Männer unterhielten sich an einer Hotelbar in Hongkong. Der eine, Gerald Wong, war dreißig Jahre alt. Wie die meisten Männer in Hongkong hatte er kurze, schwarze, nach hinten gekämmte Haare. Seine regelmäßigen Gesichtszüge verliehen ihm ein beinahe aristokratisches Aussehen. Die dunklen, ausdrucksvollen Augen verrieten einen lebhaften Geist. Mit scharfem Blick nahm er seine Umgebung blitzschnell auf. Besonderheiten merkte er sich, ordnete sie und zog seine Schlüsse daraus. Diese Begabung hatte er im Laufe der Jahre bewusst trainiert, was ihm bis zum heutigen Tag zum Erfolg verholfen hatte. Er trug dunkelblaue Hosen und ein perfekt gebügeltes hellgrünes Hemd, was seine sportliche Figur zusätzlich unterstrich.

Ted Chung, sein Mitarbeiter, war gleich alt und stammte ebenfalls aus Hongkong. Sie unterschieden sich aber stark voneinander. Seine alten, gebleichten Jeans und das vom vielen Waschen verzogene T-Shirt passten zu seiner Frisur. Ted trug seine schwarzen Haare halblang bis unter die Ohren. Sie waren leicht gewellt und nicht sonderlich gepflegt. Sein schmales Gesicht und das spitze Kinn verliehen ihm einen strengen Ausdruck. Durch seine hagere Gestalt wirkte er viel größer als Gerald. Er hätte einer dieser Studenten sein können, die sich jahrelang an den Universitäten herumtreiben, ohne jemals ernsthaft eine Abschlussprüfung ins Auge zu fassen. Gerald hatte sich aber von seinem Aussehen nicht täuschen lassen. Ted besaß genau die Eigenschaften, die für sein Geschäft unerlässlich waren. Er scheute keine Arbeit. Er wirkte vertrauenswürdig, schreckte aber vor nichts zurück, wenn es denn sein musste. Ted war der ideale Partner für Geralds Geschäft.

»Wann kommt die nächste Lieferung aus Shanghai?«, fragte Gerald.

»Wenn du die Baumwollkleider meinst, dann nächsten Dienstag«, antwortete Ted prompt, ohne Hilfe seiner Agenda.

»Und die andere?«

»Wie immer wird sie von unserem vertrauenswürdigen Fahrer Wai Kei alle vier bis sechs Wochen hergebracht. Er kennt die Schleichwege, die vom Hinterland von Hongkong in die Stadt führen. Auf ihn ist hundertprozentiger Verlass.«

»Und Roxanne hat wirklich keine Ahnung, was Wai Kei jeweils bringt?«, fragte Gerald weiter.

»Ach, die ist nur am vielen Geld interessiert, das sie bei uns verdient. Für den Rest interessiert sie sich zum Glück nicht«, erwiderte Ted. »Meine Sekretärin hat ja nur mit dem Handel der Baumwollkleider zu tun. Vorher habe ich die ganze Arbeit erledigt. Ich bin froh, dass ich ihre Hilfe seit einem Jahr habe. Was das Geschäft mit den antiken Tempelfiguren betrifft, hat sie zwar Wai Kei ein paarmal gesehen, mehr nicht. Sie stellt keine Fragen und schnüffelt nicht herum. Sie hält sich strikt an unsere Abmachungen, wie auch Wai Kei.«

»Gut. Wann genau trifft nun diese Lieferung ein?«

Ted kramte jetzt die Agenda aus seiner Gesäßtasche hervor und schlug sie auf.

»Am siebzehnten April«, erwiderte er kurz.

»Gut, wie immer wird die Lieferung in England dem Empfänger persönlich übergeben werden«, sagte Gerald, der dafür und für den Transport zuständig war.

Ted wusste nicht, mit wem Gerald diesen Teil des Geschäftes abwickelte. Dies war Teil der Sicherheitsmaßnahmen, die Gerald in seiner Organisation getroffen hatte.

»Die Dokumente werden wie immer nach deinen genauen Vorgaben termingerecht erstellt werden«, sagte Ted weiter.

Gerald atmete tief durch. Mit diesen Fragen hatte er Ted nochmals testen wollen. Er konnte nicht vorsichtig genug sein.

Seit vier Jahren lief dieses Geschäft einwandfrei. Vor Kurzem hatte Gerald mit dem Aufbau einer weiteren Organisation begonnen. Voller Zuversicht blickte er der Zukunft entgegen.

Dass er kurz vor dramatischen Ereignissen stand, ahnte er nicht im Geringsten.

2

An diesem Mittwochnachmittag im Juni fühlte sich Pamela wie im Urlaub. All die letzten Monate hatte sie bis zu zehn Stunden am Tag gearbeitet, jetzt hatte sie endlich einen halben Tag zur freien Verfügung. Sie schlenderte ganz vergnügt durch die Nathan Road, die wichtigste Geschäftsstraße von Hongkong. Eine bunte Mischung aus eleganten Chinesinnen, indischen Frauen in leuchtenden Saris, Geschäftsmännern in maßgeschneiderten dunklen Anzügen und Touristen in Freizeitbekleidung drängten sich auf dem Gehsteig. Von hinten wurde sie geschubst, rechts versuchte sich ein junger Mann an ihr vorbeizuschlängeln. Es war heiß und feucht. In der Nähe der Untergrundbahnstation wurde das Gedränge noch dichter. Als sich Pamela der großen Moschee näherte, drehte sie sich automatisch zur gegenüberliegenden Straßenseite um. Sie wusste, dass sich dort eines der zahlreichen großen Schmuckgeschäfte befand. Sie liebte Schmuck und teure Kugelschreiber. Sie steuerte auf die

Ampel zu. Unaufhörlich brausten Busse, Wagen und Taxis in beiden Richtungen vorbei. Endlich grün! Sie überquerte die Straße und ging auf das erste der beiden Schaufenster zu. Neben Goldketten in verschiedenen Längen und Mustern waren Ohrringe, Armbänder und mit Edelsteinen besetzte Ringe kunstvoll auf rotem Samt ausgestellt. Sie wusste, dass sie sich niemals Schmuck in dieser Preislage leisten konnte, und trotzdem zog es sie zum zweiten Schaufenster hin, das wiederum für sie unerschwingliche Preise vorgab. So verging der sorglose Nachmittag, bis ihre Füße zu schmerzen begannen.

Es war halb acht und schon dunkel, als sie sich entschloss, nach Hause zurückzukehren. Morgen wartete wieder ein arbeitsintensiver Tag auf sie. Von der Nathan Road bog sie in die Salisbury Road ein und vorbei am berühmten Peninsula Hotel. Wenige Minuten später erreichte sie die Meerenge und steuerte auf die Anlegestelle der Star Ferry zu. Die Ferry ist neben der Untergrundbahn die schnellste Verbindung zwischen Kowloon, dem Stadtteil auf dem chinesischen Festland, wo sie sich befand, und dem gegenüberliegenden Stadtteil auf der Insel Hongkong, wo sie wohnte. Die Leute waren schon am Einsteigen. Eiligst begab sie sich zur Einsteigerampe. Kaum war sie aufgesprungen, wurde diese zurückgeschoben und die Ferry setzte sich in Bewegung. Schwankend steuerte Pamela auf den nächsten freien Sitz zu. Die Sicht auf die gegenüberliegende Bucht mit ihren vielen schlanken, zu dieser Zeit hell erleuchteten Hochhäuser am Fuße des Victoria Peak begeisterte sie jedes Mal von Neuem. Nach der heißen stickigen Luft in den Straßenschluchten von Kowloon genoss sie die erfrischende Brise auf dem Deck. Sie lehnte sich zurück und streckte ihre brennenden Füße vor sich aus.

Wie schön, dass ich mich vor drei Jahren entschlossen habe, England zu verlassen und hierher zu ziehen, dachte sie ganz glücklich. Jetzt, mit ihren einunddreißig Jahren, genoss sie das Leben in vollen Zügen. Da sie wusste, dass sie so schnell nicht wieder in den Genuss eines freien Nachmittags kommen würde, beschloss sie, diesen Abend mit einem Spaziergang durch das antike Quartier am Fuße des Hausberges, dem Victoria Peak, zu beenden. Sie liebte diese malerische Gegend, wo sich einer der ältesten Tempel von Hongkong befand, der winzige Man-Mo-Tempel.

Mittlerweile hatte das Boot die Anlegestelle auf der Insel erreicht. Das übliche Gedränge vor dem Aussteigen hatte begonnen. Instinktiv klammerte sie sich fester an ihre Handtasche, während sie sich inmitten der Passagiere zum Ausgang begab. Ein Blick auf ihre Armbanduhr verriet ihr, dass es Viertel nach acht geworden war und sie noch nichts gegessen hatte. In diesem geschäftlichen Stadtteil, Central, gab es viele kleine Lokale. Sie ging auf das rote Schild mit dem goldenen, geschwungenen Drachen zu, das über dem Eingang eines Restaurants leuchtete. Es war für seine schmackhaften Fischzubereitungen bekannt. Sie genoss das leckere süßsaure Gericht und machte sich danach auf den Weg zum alten Quartier.

Es wurde immer stiller. Hier gab es keine Leuchtreklamen mehr. Langsam schritt Pamela die steile Straße empor, den alten Gebäuden nach. Es war stockdunkel. Ab und zu drang ein schwacher Lichtstrahl aus einem Fenster auf die Straße. Sie war ganz allein. So dachte sie jedenfalls. Es fröstelte sie. Nachts war sie noch nie hierhergekommen. War es die bedrückende Stille, die sie als bedrohlich empfand? Sie wusste es nicht. Sie hielt inne. *Warum bin ich nur so ängstlich?*, fragte sie sich verärgert. Mit erhobenem Kopf schritt sie entschlossen weiter. Nicht lange. Ein erstickter Schrei in unmittelbarer Nähe ließ sie erschaudern. Sie befand sich vor einem zehnstöckigen Wohnhaus. Pamela blieb stehen und horchte. Es war still. Sie war sicher, dass der Schrei aus dem benachbarten Garten mit dem großen Baum herrührte. Das zweistöckige Haus und der Garten waren durch eine hohe Hecke von der Straße und dem Gehsteig getrennt. Am Ende dieser Hecke befand sich die Kreuzung mit der belebten Hollywood Road. Durch diese Straße wollte sie nach Hause spazieren. Mit ihren zahlreichen Kunstgalerien und dem alten Tempel zog diese Straße sowohl Stadtbewohner als auch ganze Gruppen von Touristen an. Pamela zögerte. War jemand im Garten gestürzt, gar verletzt? Vorsichtig schritt sie weiter. Nach wenigen Metern stand sie vor einer Lücke in der Hecke. Es war totenstill. Sie spähte hinein. Das zweistöckige Haus und der Garten mit dem großen Baum befanden sich hinter der Hecke. Behutsam schritt sie durch die Lücke hindurch. Die Fenster des Hauses waren in beiden Stockwerken dunkel. Ein schmaler Pfad führte am Hauseingang vorbei und weiter um das Haus herum. Zitternd spähte sie um die Hausecke. Der Garten erstreckte sich auf dieser Seite bis zur Hollywood Road hinauf. Er war durch eine Mauer zur Straße hin und zum Nachbarhaus getrennt. Sie erstarrte. Im schwachen Lichtstrahl konnte sie die Szene wie ein Schattenspiel mitverfolgen. Eine dunkle, große Gestalt hielt mit beiden Händen einen Golfschläger in die Luft.

»Du wirst nicht zur Polizei gehen«, fauchte die dunkle Gestalt zur kleineren hinunter.

Eine männliche Stimme, registrierte Pamela. *Englisch mit dem charakteristischen Akzent der Einheimischen.*

Die kleinere Gestalt versetzte dem anderen mit seinem rechten Bein einen wuchtigen Tritt in den Bauch, während der Golfschläger auf ihn einschlug. Und wieder der gleiche Schrei. Der Körper fiel mit dumpfem Ton auf den Boden.

»Bist du wahnsinnig?!«, hörte sie eine weitere Männerstimme zischen. »Ist er tot?«

Die Antwort konnte sie nicht verstehen.

Jetzt erst konnte sie die Umrisse des zweiten Mannes erkennen. Beide waren mit dem Opfer am Boden beschäftigt. Zitternd spähte sie zum breiten Baumstamm hinüber. *Ich muss hier weg! Wie komme ich unbemerkt raus? Nur der breite Baumstamm kann mich retten.* Zitternd sprang sie zum Baum hinüber. Von hier aus konnte sie das Haus nur noch von vorne sehen, nicht mehr von der Seite. Sie drückte sich mit aller Kraft an den Stamm. Ihr Atem stockte, ihr Herz raste. *Was machen sie, wo sind sie?*

Endlich hörte sie die Stimmen wieder. Die beiden Männer kamen um die Ecke herum. Sie trugen etwas, das einer schmalen Kiste glich. In der Dunkelheit waren nur Umrisse zu erkennen. Sie verschwanden durch die Hecke. War noch jemand im Haus? Alles war dunkel. Sie hörte, wie eine Wagentür zugeschlagen wurde. Steif und zitternd schlich sie sich wieder am Hauseingang vorbei durch die Hecke. Zwei Männer hatten soeben die Hecktür eines auf der gegenüberliegenden Straßenseite geparkten Kombiwagens zugeschlagen und stiegen vorne ein. Der Wagen sprang an. Der Beifahrer starrte den Bruchteil einer Sekunde lang in ihre Richtung, bevor sie am Haus vorbeibrausten. Erst auf der Kreuzung wurden die Scheinwerfer eingeschaltet. Es ging alles so schnell, dass sie nur die Buchstaben BC und 4 auf dem Nummernschild lesen konnte. Sie atmete tief durch. Wie vom Teufel besessen rannte sie die Straße hinunter. Völlig außer Atem stürmte sie in den nächsten Polizeiposten.

Erschöpft erreichte Pamela eine Stunde später ihre Wohnung und ließ sich auf ihr schwarzes Ledersofa mit den roten Kissen fallen. Ihre dreieckige, orangefarbene Handtasche hatte sie auf den Boden fallen lassen. Die kleine Tischuhr von Cartier auf ihrer Kommode zeigte auf Viertel vor elf. Unaufhörlich kreisten ihre Gedanken um den Mann mit dem Golfschläger und um den leblosen Körper auf dem Boden.

Konzentriert versuchte Pamela sich an Details zu erinnern. Eine Person war niedergeschlagen worden. Ob die Person tot war, wusste sie nicht. Warum hatten die Männer eine Kiste oder etwas Ähnliches weggetragen? Der leblose Körper musste darin sein, was sonst? Am Anfang der steilen Straße hatte sie Schritte hinter sich gehört. Sie hatte dem keine Beachtung geschenkt. In Hongkong war man nie allein. Genau, die Schritte hatte sie danach nicht mehr bemerkt. »Ich bin Zeugin eines Mordes«, sagte sie laut vor sich hin. Sie fühlte sich wie die Hauptdarstellerin eines Abenteuerfilmes. Sie musste es jemandem erzählen. Harry war die richtige Person, ein junger Engländer, den sie in Hongkong kennengelernt hatte. Das Leben war plötzlich so aufregend und so spannend. Mit einem Schlag verspürte sie aber ein unheimliches Gefühl. *Hat mich jemand gesehen? Die Person hinter mir hatte mein Gesicht nicht sehen können, aber jemand anders, aus einem Fenster vielleicht?* Mit einem Ruck erinnerte sie sich, dass ein Mann sie etwas weiter oben überholt hatte. Sie beschloss, mit niemandem darüber zu reden, nicht einmal mit Harry. Schließlich hatte sie der Polizei alles zu Protokoll gegeben. Sie lehnte sich noch fester in ihre roten Kissen zurück. Kopfschmerzen breiteten sich wellenartig vom Nacken her aus. Hatte sie vor drei Jahren wirklich die richtige Entscheidung getroffen? Sie war damals achtundzwanzig Jahre alt gewesen. In Gedanken ging sie ihr Leben nochmals durch.

Von London nach Hongkong auszuwandern und hier ein neues Leben zu beginnen war die beste Entscheidung gewesen, die sie je in ihrem Leben getroffen hatte. So hatte sie jedenfalls bisher immer voller Stolz gedacht. Sie war bei ihrer Großmutter in London aufgewachsen. Ihre Eltern waren bei einem Verkehrsunfall umgekommen, als sie vier Jahre alt war. Geschwister hatte sie keine, was sie sehr bedauerte. Als ihre Großmutter starb, wurde sie von einer Tante kurzerhand in ein Internat gesteckt. Die Erinnerungen an diese Zeit ließen sie noch immer erschaudern. Zwei Jahre später, mit bestandenem Abitur, hatte sie diese Festung fluchtartig verlassen. Nach einem weiteren Abschluss an einer Handelsschule hatte sie ihre erste Stelle angetreten.

Fünf Jahre später hatte ihr Vorgesetzter das Rentenalter erreicht und die Firma verlassen. Da sein Nachfolger machtbesessen und cholerisch war, hatte sie, wie die meisten Mitarbeiter, die Firma kurzerhand verlassen.

Sie lächelte, als sie daran dachte, wie sie an jenem Abend die Untergrundbahn zum Piccadilly Circus bestiegen hatte. Die Beziehung zu ihrem Freund Fred hatte sich drei Monate zuvor lautstark zerschlagen. Jetzt war sie frei. Sie hätte die ganze Welt umarmen können. Wenig später, während sie ein hübsches Schaufenster mit Seidendessous betrachtete, hatte sie sich an den Kalender mit Aufnahmen von Hongkong erinnert. Sie hatte ihn vor Jahren gekauft. Die Bilder dieser Stadt hatten sie so fasziniert, dass sie damals schon gewusst hatte, Hongkong würde irgendwann in ihrem Leben eine wichtige Rolle spielen. Dieser Zeitpunkt war nun da.

Sie würde nach Hongkong auswandern. Ihr Entschluss stand fest. Wie entfesselt war sie daraufhin in den Laden gestürzt und hatte sich ein sündhaft teures Negligé mit dem dazu passenden Nachthemd in dunkelrosa Seide mit schwarzen Ziernähten gekauft.

Der Flug mit der älteren Dame neben ihr war ein einziges Vergnügen gewesen. Sie hatte sich mit »Mildred« vorgestellt. Mit ihren dunklen Hosen, dem schwarzen Pullover und dem fuchsiafarbenen Schal, der ausgezeichnet zu ihrer ganz hellen Haut und den gewellten weißen Haaren passte, hatte sie bezaubernd ausgeschaut. Nachdem Orangensaft und Mineralwasser serviert worden waren, hatte Mildred begonnen, aus ihrem erlebnisreichen Leben zu erzählen. Sie hatte Kunstgeschichte in London studiert und war danach in diversen Galerien in London tätig gewesen.

»So, meine Liebe, und nun erzählen Sie mir, was Sie nach Hongkong treibt«, hatte Mildred sie nach dem Essen gefragt.

Pamela war zusammengezuckt. Zögernd hatte sie von ihrem Leben zu erzählen begonnen. Das Lächeln von Mildred und ihr Zunicken hatte Pamela angespornt weiterzureden. Voller Begeisterung hatte sie ihr ihre Pläne geschildert und dass ihr Traum vom Auswandern an diesem Tag in Erfüllung ging.

»Wie wundervoll!«, hatte Mildred entzückt ausgerufen.

Pamela hatte mit älteren Leuten bisher ganz andere Erfahrungen gemacht. Nur nichts Neues beginnen, zufrieden sein mit dem, was man hat, und so weiter. Mildred war völlig anders.

Als sie gute zwölf Stunden später in Hongkong landeten, hatten sie sich wie zwei alte Freundinnen verabschiedet. Mildred war von einem Chauffeur abgeholt worden, um nach Macao weiterzureisen, wo sie drei Tage lang zu tun hatte.

»Danach muss ich gleich wieder nach London zurück«, hatte sie der verdutzten Pamela gesagt.

Sie hatten keine Gelegenheit mehr gehabt, sich in diesen drei Tagen nochmals zu treffen, hatten aber ihre Telefonnummern ausgetauscht. Die Adresse von Mildred hatte sich Pamela sorgfältig notiert. Dass Mildred in ihrem neuen Leben eine wichtige Rolle einnehmen würde, hatte sie damals irgendwie geahnt und gehofft.

So kam es denn auch, nur nicht so, wie sie es erwartet hatte.

Wenige Wochen nach ihrer Ankunft hatte Pamela das unverhoffte Glück, eine Stelle und eine Wohnung zu finden. Zwei Tage später trat sie ihre Stelle als Sachbearbeiterin in einer mittelgroßen Versicherungsfirma an. Sue, ein hübsches junges Mädchen aus dem Büro nebenan, führte sie in die umliegenden kleinen chinesischen Lokale ein. Wie alle Leute in Hongkong hatte sie sich mit ihrem englischen Vornamen vorgestellt.

Sue war es auch, die Pamela mit den Gepflogenheiten von Hongkong bekannt machte, etwa dass die Leute zwei Vornamen haben, einen chinesischen und einen englischen, den sie vor allem im Umgang mit Ausländern benützen. Hongkong war bis vor Kurzem eine englische Kronkolonie gewesen. In der Schule galt Englisch als erste Fremdsprache. Dies hat sich in den letzten Jahren unter dem Einfluss von Peking geändert. Englisch wurde durch Mandarin ersetzt. Die lokale Sprache ist aber weiterhin Kantonesisch.

Sue kannte viele junge Leute, die ebenfalls hier im Central District auf der Insel arbeiteten und hier ihre Mittagspausen verbrachten.

Durch Sue lernte sie Gerald Wong kennen, einen jungen Chinesen. Wie alle Männer hier hatte er kurz geschnittene, nach hinten gekämmte schwarze Haare. Er wirkte sehr sportlich. Als sie ihm voller Begeisterung von den Bambusbaugerüsten erzählte und wie sie Angst um die Bauarbeiter hatte, die darauf herumspringen, hatte er gelacht.

»Ich liebe meine Stadt. Es gibt so viele interessante Orte hier, alte Tempel, Museen und natürlich schöne Strände. Wenn du Lust hast, zeige ich dir gerne einige spezielle Straßen und Quartiere«, hatte er ihr eines Tages angeboten.

Eine aufrichtige Freundschaft hatte sich in diesen drei Jahren zwischen ihnen entwickelt. Pamela sah viel von Hongkong. Gerald kam ihr wie ein lebendiges Lexikon vor. Er hatte sich intensiv mit der Geschichte von China und speziell von Hongkong befasst. Wann immer er Zeit hatte, führte er Pamela in die zahlreichen Märkte und ermöglichte ihr Einblicke in das Leben dieser pulsierenden Stadt.

Zum ersten Mal machte ihr die Arbeit richtig Spaß. Vor einem Jahr war sie zur Direktionsassistentin befördert worden. Sie war stolz auf sich. Sie hatte ihre Ziele erreicht.

Mit einem Schlag wurde sie in die Realität

zurückgeschleudert. Sie hatte Angst. Würde dieses Verbrechen sie eines Tages einholen?

Dass plötzlich Licht im Zimmer über dem Eingang des Hauses gebrannt hatte und dass das Fenster geöffnet worden war, bevor sie zur Polizei losgerannt war, hatte Pamela nicht bemerkt.

3

Vier Tage nach dem Verbrechen, es war Sonntag, machte sich Pamela mit einer Strandtasche auf den Weg. Sie hatte nur etwas Kleingeld, einen Badeanzug, ein Strandtuch sowie belegte Brötchen und zwei Flaschen Wasser dabei. Unter ihrem Kleid trug sie ihren schönsten Bikini, den meergrünen mit den goldenen Längsstreifen. Sie hatte sich auf diesen Ausflug mit Gerald besonders gefreut, denn ihre Gedanken, die pausenlos um die beobachtete Tat kreisten, mussten dringend zerstreut werden. Schnell warf sie einen Blick in den langen Spiegel, der an der Wand im Flur hing. Das türkisblaue, kurze Trägerkleid stand ihr gut mit ihrer schlanken Figur und den halblangen kastanienbraunen Haaren. Diese hatte sie mit einem türkisblauen Gummiband nach hinten zusammengebunden. »Ich muss los, der Bus fährt in einer Viertelstunde«, flüsterte sie vor sich hin, während sie die Wohnungstür hinter sich verriegelte.

Wenig später begrüßten sie sich herzlich

zur vereinbarten Zeit an der Busstation. Im Bus, der sie quer über die Insel zur Bucht mit einem der schönsten Strände von Hongkong brachte, redete Pamela ununterbrochen. Sie erzählte Gerald voller Begeisterung von ihrer Arbeit und von dem Abend, den sie kürzlich mit Sue verbracht hatte. Zum Schluss schwärmte sie noch von ihrem freien Nachmittag, wie sie ihren Spaziergang genossen hatte und in dem kleinen Restaurant vorzüglich gegessen hatte.

Gerald hörte geistesabwesend zu, was Pamela in ihrem Eifer gar nicht auffiel. Er hatte keine Lust mehr auf diesen Ausflug, den sie vor zehn Tagen vereinbart hatten. Unerwartete Probleme hatten ihn aus der Bahn geworfen. Er musste sich zusammenreißen. Er durfte sich nichts anmerken lassen.

»Noch drei Kurven, dann sind wir da, in der Repulse Bay«, sagte Gerald wenig später, scheinbar entspannt.

»Was für ein hässlicher Name für diesen malerischen Strand mit den Palmen!«, seufzte sie kopfschüttelnd.

»Du weißt doch, dass er nach einem britischen Kriegsschiff benannt wurde«, erwiderte er, »ich habe dir die Geschichte doch erzählt.«

Pamela nickte eifrig mit dem Kopf. Sie hatte so viel von ihm gelernt. Einzig über sein Privatleben sprach er nie. Das respektierte sie und stellte ihm diesbezüglich keine Fragen. Von Sue wusste sie nur, dass er Single war und die Arbeit ihm das Wichtigste im Leben bedeutete.

Sie hatten unterdessen die Station erreicht. Die meisten Leute stiegen hier aus und begaben sich wie Gerald und Pamela zum Strand. Pamela streifte sich ihr Kleid vom Leib. Gerald hatte auch schon seine Badehose unter seinen Shorts an, und so schwammen sie wenige Minuten später in den Wellen. Das Wasser war herrlich kühl und glasklar. Als sie aus dem Wasser kamen, machten sie es sich auf ihren Strandtüchern in der Sonne bequem. Der feinkörnige, helle Sand fühlte sich wie ein weicher Teppich an. Gerald war normalerweise sehr unterhaltsam. Jetzt aber schwieg er und starrte vor sich hin. Was hatte sie im Bus erzählt, von einem freien Nachmittag vor vier Tagen? Sie erschrak, als er sie plötzlich mit rauer Stimme fragte, ob sie an jenem Abend nach dem Essen direkt nach Hause zurückgekehrt war.

»Von welchem Abend sprichst du?«

»Von deinem freien Nachmittag«, antwortete er kurz.

Pamela musterte ihn erstaunt und angewidert zugleich. Sie wollte nicht von dem Vorfall im alten Quartier sprechen. Sie wollte jenen Abend aus ihrem Leben streichen. Er würde ihr ohnehin nicht glauben. Hongkong war eine der sichersten Städte der Welt, war sie von dem Polizeibeamten belehrt worden.

»Ich habe noch eine kleine Runde im alten Quartier gedreht, bevor ich nach Hause ging«, antwortete sie vorsichtig.

»Bist du wieder zum Man-Mo-Tempel hinaufgestiegen?«

Mit gutem Gewissen konnte sie seine Frage beantworten.

»Nein, ich war nicht so weit oben.«

Das Verbrechen hatte sie in der steilen Straße unterhalb der Hollywood Road beobachtet, in der Lok Ku Road. Es fror sie noch immer, wenn sie daran dachte.

»Warum fragst du?«

»Nur so, es hätte ja sein können«, erwiderte er beiläufig, beobachtete sie aber genau.

Pamela legte sich wieder hin und tat, als schliefe sie. Seine Stimme, sein Verhalten und vor allem seine Augen waren unheimlich. Sie versuchte, eine Erklärung dafür zu finden.

»Hast du Probleme bei der Arbeit oder mit Freunden?«

»Nein, alles geht gut«, erwiderte er kurz.

Konnte es sein, dass er von dieser Tat gehört hatte und es ihm peinlich wäre, wenn sie es erfahren würde? Er gab sich solche Mühe, ihr nur die besten Seiten seiner wunderschönen Stadt zu zeigen. Als sie ihm einmal schilderte, dass sie einen Bettler auf dem Gehsteig gesehen hatte, war er fast wütend geworden. Seither achtete sie sehr darauf, nur von positiven Erlebnissen zu berichten.

»Geschehen oft Verbrechen in Hongkong?«

Sie hoffte, ihn damit abzulenken. Sicher würde er ihr wieder von seiner Stadt schwärmen und seine schlechte Laune vergessen. Mit einem Ruck setzte er sich auf und beobachtete sie scharf. Sie fühlte, wie sein eisiger Blick über ihren ausgestreckten Körper fegte. Sie drehte sich zu ihm hin und lachte.

»Das war nicht ernst gemeint. Was ist bloß mit dir los heute? Ist das nicht ein wunderbarer Tag? Komm, gehen wir schwimmen!«

Sie sprang auf und lief, ohne sich umzudrehen, zum Meer.

Den Rest des Tages gaben sich beide Mühe, ausgelassen zu wirken. Gegen fünf Uhr bestiegen sie den Bus für die Rückfahrt. Die Sonne und das Schwimmen hatten ihr gutgetan.

Während der schweigsamen Fahrt versuchte Pamela, ihr ungutes Gefühl zu verdrängen. Warum hatte sie ihn nur nach Verbrechen gefragt? Hatte er etwas damit zu tun? Sein aggressives Verhalten hatte sie geradezu zu ihrer Frage provoziert. *Ich muss dieses Haus in der Lok Ku Road endgültig vergessen*, sagte sie sich verzweifelt. *Vielleicht habe ich einfach zu viele Kriminalromane gelesen und bilde mir etwas ein, das so gar nicht stimmt.* Sie hatte keine Ahnung, wer die Bewohner dieses Hauses waren, und wollte es auch gar nicht wissen.

Endlich hatte der Bus die Stadt erreicht.

Auf diesen Ausflug hätte auch sie gerne verzichtet.

Wenig später saß Gerald an seinem Pult, den Kopf in beide Hände gestützt, und starrte ins Leere. Er konnte es immer noch nicht fassen. Ein Wagen hatte Wai Kei kurz vor der Stadtgrenze beinahe von der Straße gedrängt. Er hatte dabei einen geparkten Wagen gestreift und war weitergefahren. Mit überhöhter Geschwindigkeit hatte er es in den Tunnel unter der Meerenge geschafft. Auf der Insel Hongkong angekommen, war er auf Umwegen über kleine Sträßchen zur Firma gelangt. Wai Kei hatte sich der Polizei stellen wollen. Gerald fror es, als er sich an den Anruf von Ted erinnerte. Er war hier in seinem Büro in Kowloon gewesen. Umgehend war er in Richtung Hollywood Road zur Firma losgefahren.

»Ich muss mich der Polizei stellen, ich habe einen Wagen von unschuldigen Leuten beschädigt«, hatte Wai Kei völlig verzweifelt zu Ted gesagt, als Gerald im Garten um die Ecke gekommen war.

»Das wirst du nicht!«, hatte ihn Ted angebrüllt.

Ted hatte den Fahrer hart am Arm gepackt und ihn zum Gartentisch gezerrt, der einige Meter weiter oben stand. Entsetzt hatte Gerald gesehen, wie Ted blitzschnell nach dem Golfschläger gegriffen hatte, der auf dem Tisch lag.

»Du wirst nicht zur Polizei gehen«, hatte Ted schreiend wiederholt und mit dem Schläger ausgeholt, während Wai Kei ihm mit seinem Bein einen kraftvollen Tritt in den Bauch verpasst hatte.

»Bist du wahnsinnig?!«, hatte Gerald ausgestoßen. Zu spät. Nach dem zweiten Schlag war Wai Kei auf den Boden geglitten.

Mit Ohnmacht dachte Gerald unaufhörlich an die Ereignisse dieser Nacht. Er konnte es nicht fassen.

Nun wusste er, dass Pamela genau an diesem Abend in diesem Quartier gewesen war.

4

Seit dem Verbrechen war Pamela nicht mehr im alten Quartier gewesen. Es reizte sie aber, ihren geliebten Tempel an der Hollywood Road wieder aufzusuchen. Zwei Tage später, am Sonntagvormittag, dem fünften Juli, machte sie sich auf den Weg dorthin. Sie hatte wieder einmal ihre Lieblingshandtasche dabei, nicht die dreieckige, sondern die dunkelblaue Tasche von Chanel. Der Himmel war strahlend blau, die Sonne erhitzte die schwüle Luft. Von ihrer Wohnung aus wählte sie den kürzesten Weg, um von der anderen Seite her in die Hollywood Road zu gelangen. Die Lok Ku Road wollte sie auf jeden Fall vermeiden. Ein Glücksgefühl überkam sie, als sie die drei grünen, elegant geschwungenen Dächer des kleinen Tempels vor sich hatte. Er bestand aus zwei Seitengebäuden und dem kleineren, etwas zurückversetzten Hauptteil, dem eigentlichen Tempel. Im Hintergrund ragten die schlanken Hochhäuser in den Himmel. Es war eine Oase der Ruhe in dieser hektischen Stadt. Pamela lehnte sich gegen das offene Eingangstor, das den Tempelkomplex vom Gehsteig trennte. Verträumt betrachtete sie die reich verzierten Steinfiguren auf den kleinen, steilen Dächern.

Hinter ihr auf dem Gehsteig wurde es plötzlich laut. Mit einem Schlag wurde sie aus ihren Träumereien herausgerissen. Eine Frau und ein Mann schrien sich gegenseitig an. Der Mann hatte chinesische Züge. Sein Alter war schwer zu schätzen, während die Frau, die westlich aussah, um die vierzig Jahre alt sein konnte. Sie trug gut geschnittene rote Leinenhosen und ein rotes ärmelloses Top. Ihre Haut war braun gebrannt. Ihre langen schwarzen Haare hingen lose bis knapp über die schmale Taille herab. Der Mann, der Jeans und ein gelbes, vom Waschen gebleichtes T-Shirt trug, fuchtelte wild mit den Händen um sich.

»Den ganzen Tag schufte ich für euch, und was macht ihr? Die ganze Arbeit bleibt immer an mir hängen. Vor zehn Uhr abends bin ich seit Monaten nicht mehr nach Hause gekommen und heute, am Sonntag, muss ich auch arbeiten«, schrie die Frau außer sich. »Glaubt ja nicht, ihr kommt einfach so davon! Ihr wisst nämlich gar nicht alles!«

Eine kleine Menschenmenge hatte sich inzwischen vor dem Tempel gebildet. Der Mann packte die Frau am Ellbogen und schob sie vor sich her. Langsam verschwanden sie in der Hollywood Road.

Pamela zuckte mit den Achseln und begab sich langsam in dieselbe Richtung wie die beiden. Große und kleinere chinesische Vasen zwischen kunstvoll angeordneten Lampen und Teppichen waren in den Schaufenstern der zahlreichen Kunstgalerien zu bestaunen. Pamela genoss es hier oben, unbekümmert und ohne Zeitdruck zu flanieren. Um diese Zeit waren noch nicht so viele Leute unterwegs. Von einem kleinen asiatischen Fabelwesen aus Messing war sie ganz besonders angetan. Es war ein Drache mit langen, nach hinten flatternden Ohren. Sie schaute sich nach dem Namen der Galerie um. »Tang's Fine Antiques and Arts« war auf dem roten Schild über dem Schaufenster zu lesen. Zwei rote Lampions mit goldenen chinesischen Schriftzeichen hingen an beiden Seiten des Schildes herunter. Das Geschäft war geschlossen. Im Jade Market war ihr dieser Drache schon mehrmals aufgefallen, dort allerdings aus Jade. Sie drehte sich um, um die Straße zu überqueren und zurück in Richtung Tempel nach Hause zu spazieren, als es wieder laut wurde.

»Lass mich los, ich will jetzt weiterarbeiten!« Die schrille Stimme kam Pamela bekannt vor. Es war wieder die Frau in Rot. Sie stand auf der anderen Straßenseite. Pamela erschrak, als sie das große Straßenschild »Lok Ku Road« sah. Sie hatte nicht bemerkt, dass sie sich genau auf der Kreuzung befand, die sie nie mehr sehen wollte. Das Fabelwesen starrte auf das gegenüberliegende grüne Haus. »Kwong Hing Curious Court« lautete die Anschrift in goldenen Buchstaben auf der alten hellgrünen Fassade. Das war das Haus mit dem Garten. Auf dieser Seite war es nicht von einer Hecke umgeben. Es stand direkt an der Hollywood Road. Nebenan befand sich die Mauer, hinter der sie die Tat beobachtet hatte. Die Frau stand genau davor und zupfte ihr Oberteil zurecht. Pamela beobachtete sie. Der Mann war verschwunden. Plötzlich wurde Pamela von hinten von einem rennenden Mann beinahe umgestoßen. Bis sie ihr Gleichgewicht wiedergefunden hatte, war die Frau verschwunden.

Wo ist sie? Langsam überquerte Pamela die Straße und schritt an der Hecke des grünen Hauses entlang. Fassungslos blieb sie stehen. Alte Holzbretter versperrten den Durchgang in der Hecke. Sie blickte nach oben. Alle Fenster waren geschlossen. Wütend, dass sie doch wieder vor diesem Haus stand, kehrte sie um und ging nach Hause. Es war ihr nicht mehr zum Flanieren zumute.

Die Szenen mit der Frau in Rot, das grüne Haus und die alten Bretter in der Hecke hatten ihre gute Laune gründlich verdorben. Jeden Tag hatte Pamela die Tageszeitungen nach einem Hinweis auf die Tat durchforstet, erfolglos. Sie hatte daraus geschlossen, dass niemand ums Leben gekommen war.

An diesem Tag aber hatte ihre Angst sie wieder fest im Griff.

Im grünen Haus im ersten Stock hatte sich Roxanne wieder an ihren kleinen alten Schreibtisch gesetzt. Warum hatte Ted sie in die Hollywood Road geschleppt, wo es doch so viel zu tun gab? Ted hatte sie gebeten, ausnahmsweise an diesem Sonntag zu arbeiten, den Montag dafür freizunehmen. Widerwillig hatte sie zugestimmt. In den letzten Wochen hatte sich seine Stimmung stark verändert. Mit düsterem Blick saß er in seinem Büro, auf dem gleichen Stockwerk wie sie. Alle zehn Minuten sprang er auf, um im Flur hektisch hin und her zu schreiten. Durch ihre offene Tür konnte sie ihn jeweils beobachten. Was war nur los, fragte sie sich wütend. Und was sollen plötzlich diese Holzbretter vor der Hecke? Wäre sie seit ihrer Scheidung nicht auf eine Stelle angewiesen, hätte sie Ted die Kündigung eingereicht.

Die Scheidung war trotzdem der richtige Entschluss, befand sie weiterhin. Als Engländerin war sie in London aufgewachsen und hatte einen englischen Bankmanager geheiratet. Zur ihrer großen Freude wurde er zwei Jahre später nach Hongkong versetzt. Diese Stadt hatte sie von Anfang an hellauf begeistert. Als er nach weiteren drei Jahren wieder zurückberufen wurde, weigerte sie sich, Hongkong zu verlassen. Die Ehe zerbrach, die Scheidung wurde vollzogen. Er zog nach London zurück und sie blieb in Hongkong.

Es hat doch alles so gut angefangen, stöhnte sie. Sie musste an den Tag vor einem Jahr denken, als Ted sie gefragt hatte, ob sie nicht für ihn und seinen Vorgesetzten arbeiten könnte.

»Diskretion ist das oberste Gebot«, hatte er betont, während er sie scharf gemustert hatte.

Das angebotene Gehalt war überdurchschnittlich. Sie müsse ab und zu ein paar Briefe und Berichte schreiben und verschicken, hatte er ihr kurz die Arbeit erklärt. Hellauf begeistert hatte sie gleich zugesagt. Ein Leben ohne Luxus konnte sie sich nicht vorstellen. Sie war zu allem bereit, um viel Geld zu verdienen und wenig dafür zu tun. Er hatte sie durchschaut. Sie war eine eiskalte Frau. Sie hatte ihm keine einzige Frage gestellt. Sie war genau, was Ted brauchte.

Roxanne versuchte nachzuvollziehen, was der Grund für die brutal schlechte Stimmung von Ted sein könnte. Er war nicht wiederzuerkennen. Alles war gut gegangen, bis sie Wai Kei zum letzten Mal gesehen hatte. Er war ein netter junger Chinese. Alle paar Wochen war er gegen sieben Uhr abends erschienen, wenn es schon dunkel war. Einige Wochen waren seither verstrichen. Sie blätterte in ihrer Tischagenda zurück. Genau, das war der Abend, an dem Ted ihr sämtliches Büromaterial aus der Holztruhe im unteren Flur beim Eingang auf den Boden geschmissen hatte. Wie gut sie sich noch an jenen Abend erinnern konnte! Sie hatte es knallen hören und war voller Sorge die Treppe hinuntergestürzt. Auf der letzten Stufe war sie abrupt stehen geblieben. Breitbeinig und mit hochrotem Kopf war Ted zwischen dem Durcheinander von Papieren und Formularen auf dem Boden und der offenen, halb leeren Truhe gestanden. Er hatte nicht bemerkt, dass sie ihn beobachtete. Als er aufschaute, war es für einen Rückzug zu spät gewesen. Die feurigen Augen eines Fanatikers, war es ihr in diesem Moment durch den Kopf geschossen. Er hatte sie angebrüllt, sie solle oben weiterarbeiten, und warum sie überhaupt noch hier sei um diese Zeit.

»Ich muss jetzt weg, komme aber wieder«, hatte er weitergeschrien.

»Du kommst auch noch dran, warte nur«, hatte sie ihm schrill an den Kopf geworfen, während sie langsam mit erhobenem Haupt die Treppe hochgestiegen war.

Sie kehrte nicht in ihr Büro zurück. Sie schlich sich stattdessen in den gegenüberliegenden dunklen Raum über dem Eingang des Hauses. Es war totenstill und stockdunkel, erinnerte sie sich. Leise öffnete sie das Fenster. Draußen hörte sie Männerstimmen, die sich aus dem Garten entfernten. *Ted und sein Vorgesetzter*, dachte sie gleich, ohne sie in der Dunkelheit sehen zu können. Aufatmend zündete sie sich eine Zigarette an und knipste das Licht an. Die frische Luft tat ihr gut. Plötzlich bewegte sich im Garten bei der Hecke etwas. Vorsichtig lehnte sie sich hinaus. Eine Gestalt schlich durch die Hecke hindurch auf den Gehsteig und rannte wie vom Teufel gebissen die Straße hinunter. Von der rechten Schulter herunter schwang bei jedem Schritt eine Tasche mit. Eine dreieckige Tasche.

Was ist nur los? Ist denn in diesem Quartier nichts normal?, fragte sie sich wütend. Teds Vorgesetzter musste erst am Abend gekommen sein, denn sie hatte ihn an diesem Nachmittag nie erblickt. Überhaupt hatte sie diesen Mann noch nie gesehen. Sie kannte nicht einmal seinen Familiennamen. Sie wusste nur, dass er Gerald hieß. Sie kannte aber seine

Stimme, da er ab und zu in Teds Abwesenheit angerufen hatte. Sein Büro befand sich irgendwo in der Stadt. Das war offensichtlich Teil der »absoluten Diskretion«, die sie zu befolgen hatte, überlegte sie jetzt nachdenklich. Das Thema hatte sie nie interessiert.

Die Stunde war längst vorbei, Ted war immer noch nicht zurück. Gegen halb elf Uhr räumte Roxanne ihr Pult auf, griff nach ihrer Handtasche und eilte die Treppe herunter.

»Nein!«, brüllte sie laut.

Der Berg Briefpapier, Umschläge, Formulare und die bunten Briefmarken lagen weiterhin wild zerstreut zwischen der Treppe und dem Eingang. Vier Schuhabdrücke waren auf der obersten Schicht Papier zu sehen. Ein Blick in die Ecke des Flurs ließ sie gleich nochmals erstarren – die Truhe war weg! Roxanne liebte sie. Die antike dunkle Holztruhe, die sich nicht mehr schließen ließ. Das reich verzierte Schloss aus Messing war beschädigt und der Deckel verzogen, aber stolz hatte sie hier gestanden, bereit, jeder Widrigkeit des Lebens zu trotzen. Sie hätte viel zu erzählen, wenn sie nur könnte, war sich Roxanne sicher. Jetzt erst recht, sagte sie sich schäumend vor Wut. Sie hatte sie Ted abkaufen wollen. Sie war das Einzige in diesem düsteren Haus, das eine Seele hatte. Leider hatte sie den Zeitpunkt verpasst, ihm dies mitzuteilen.

»Ich werde die Truhe suchen und finden und nehme sie dann zu mir«, schrie sie laut durch das finstere Haus, bevor sie die Tür hinter sich zuknallte und verriegelte.

Ein gewisser Inspektor Chan hatte seither mehrmals angerufen.

Die wiederkehrenden Fragen, wo die Truhe war, warum sie weg war und warum sich Wai Kei an jenem Abend nicht wie beim letzten Mal bei ihr verabschiedet hatte, raubten Roxanne den Schlaf. Ganz steif und mit Kopfschmerzen stand sie auf, froh, dass diese Nacht endlich vorbei war. Was führten Ted und Gerald heute, Montag, im Schilde, dass sie gestern statt heute zur Arbeit aufgeboten worden war? Sie beschloss, zur Firma zu gehen. Sie wollte wissen, ob die beiden dort waren.

Zwei Stunden später stand sie auf der Kreuzung vor dem Haus. Die Holzbretter vor der

Hecke waren zum Glück wieder verschwunden. Sie schritt zur Eingangstür und hielt inne.

»Ihr wisst gar nicht alles, hat sie gesagt. Ich werde sie zur Rede stellen, du kannst dich drauf verlassen«, hörte sie Teds aufgeregte Stimme.

Er musste gleich hinter der Tür sein. Es kam keine Antwort. Offensichtlich war er an seinem Mobiltelefon. Roxanne ging zur Straße zurück und schritt langsam die Lok Ku Road hinunter, als ein Polizeiwagen praktisch vor ihr auf der gegenüberliegenden Straßenseite parkte. Ein Polizeibeamter stieg aus, überquerte die Straße und verschwand durch die Hecke. Das war der Grund ihres freien Montags, wusste sie nun. Entschlossen ging sie zum Haus zurück. Die Tür war verschlossen. Leise öffnete sie sie mit ihrem Schlüssel.

»Sie haben also kein längliches Möbelstück weggetragen?«, fragte der Polizist im ersten Stock.

»Nein, gewiss nicht«, entgegnete Ted mit gereizter Stimme.

»Ein längliches Möbel wurde an diesem vierundzwanzigsten Juni weggetragen. Ich will wissen, ob Sie eines hatten«, schrie ihn der Polizist jetzt an. »Ein Augenzeuge kann dies bestätigen!«

Die Frau, die weggerannt war, überlegte Roxanne. Ich muss sie finden.

»Wir hatten nie so was«, hörte sie Ted antworten.

»Das ist ja die Höhe!«, stieß Roxanne unter der Treppe leise aus. Während sie dort weiter lauschte, studierte sie die Holzwand neben sich. Das Holz wies einen Spalt auf. Sie steckte einen Fingernagel hinein und fuhr damit der Wand entlang. Plötzlich hörte sie, wie die Männer sich oben auf den Flur begaben. Sie sprang zur Tür und verschwand durch die Hecke. Sie stellte sich in den Eingang des zehnstöckigen Hauses und beobachtete die Straße und das Haus. Wenige Minuten später kamen die beiden Männer aus dem Haus. Ted wirkte verunsichert. Er begleitete den Beamten zu seinem Wagen und schritt langsam kopfschüttelnd zum Eingang zurück. Er hatte nur noch Augen für seine Schlüssel und die Eingangstür.

Nun war sie es, die die Straße hinunterrannte. Sie hatte die Eingangstür nicht mehr

abschließen können. Das hatte Ted offensichtlich aus der Fassung gebracht.

5

Der Spaziergang vom Sonntag hatte Pamela dermaßen aufgewühlt, dass sie sich nicht auf ihre Arbeit konzentrieren konnte. Lustlos bereitete sie sich abends jeweils ein Schnellgericht zu und saß davor, ohne es anzurühren. Es konnte so nicht weitergehen. Zwei volle Tage waren seither vergangen. Sie musste ihre Geschichte jemandem mitteilen.

»Mildred!«, stieß sie plötzlich aus.

Seit drei Jahren hatten sie sich nicht mehr getroffen. Sie riefen sich öfters an, wie sie es damals am Flughafen vereinbart hatten. Eine echte Freundschaft hatte sich zwischen ihnen entwickelt. Wie gerne hätte sie sie an ihrem Geburtstag besucht, am zehnten Juli, in zwei Tagen, überlegte sie. Mildred hatte ihr vor einiger Zeit eine Geburtstagseinladung geschickt. Da sich ihr Vorgesetzter auf einer längeren Geschäftsreise befand, konnte sie keinen Urlaub nehmen. *Es hätte mir so gutgetan, meine Sorgen mit Mildred zu besprechen*, seufzte sie. Mildred konnte sich blitzschnell in eine Situation hineinversetzen und hatte gleich Lösungsvorschläge auf Lager. Sie strahlte Sicherheit aus und war nicht aus der Ruhe zu bringen. Genau was Pamela jetzt brauchte. Hatte Harry nicht erwähnt, dass er diesen Freitag nach London fliegen müsse? Sie könnte ihm einen Brief mitgeben. Harry, ihr treuer Kollege aus England. Sie lächelte, als sie daran dachte, wie sie ihn vor zwei Jahren auf der Ferry kennengelernt hatte. Sie waren nebeneinander gesessen und schon nach wenigen Minuten ins Gespräch gekommen. Beide waren gleich alt und kamen aus London. Auf Harry konnte sie sich verlassen. Pamela holte Briefpapier und einen Kugelschreiber aus ihrem kleinen Sekretär und begann, das Verbrechen so ausführlich wie möglich zu schildern.

Wenig später las sie den Brief nochmals durch. Zum vierten Mal änderte sie den Satz, der die Tat mit dem Golfschläger beschrieb. Zu sachlich, die beklemmende Stimmung fehlte. Sie begann, den ganzen Absatz neu zu schreiben. Das Telefon klingelte. Es war Harry.

»Schön, dass du an mich denkst, ich hatte

vor, dich anzurufen«, sagte Pamela. »Hast du nicht gesagt, dass du demnächst in London einen Termin hast?«

»Ja, ich fliege diesen Freitag hin. Warum, kommst du mit?«

Sie lachte. Typisch Harry, unbekümmert und unkompliziert.

»Leider nein, ich wäre aber gerne mitgekommen. Weißt du, dass Mildred diesen Freitag ihren achtzigsten Geburtstag feiert? Ich habe ihr einen Brief geschrieben. Ich wäre froh, wenn du ihn mitnehmen und in London zur Post bringen könntest.«

»Ja klar, kein Problem. Eigentlich könnte ich ihn Mildred persönlich überbringen. Du hast mir so viel von ihr erzählt, dass ich sie auch gerne mal treffen würde. Was meinst du?«

»Genial, aber nur wenn du wirklich Lust und Zeit hast. Ich wäre damit ganz sicher, dass sie den Brief bekommt.«

»Was ist denn so geheim in deinem Brief? In unserem Geschäft werden täglich Verträge und wichtige Rapporte nach England verschickt. Noch nie hat sich ein Dokument verirrt.«

»Darüber kann ich jetzt nicht sprechen.

Wann können wir uns sehen? Morgen bin ich bei Ann zu ihrer Wohnungseinweihung eingeladen«, überlegte sie laut.

»Ich auch!«, erwiderte Harry erfreut.

Sie vereinbarten einen Termin in der Nähe der Wohnung.

Am nächsten Tag um sechs Uhr abends trafen sie sich in der Cafeteria des Park Lane Hotels, in der Nähe des Jachthafens. Sie setzten sich an das hinterste Tischchen. Hier konnten sie ungestört reden.

»Jetzt bin ich aber gespannt«, sagte Harry und schaute sie erwartungsvoll an.

Ihre ernste Miene verriet nichts Gutes.

Sie erzählte ihm mit leiser Stimme, was sie in der Lok Ku Road beobachtet hatte.

»Ein Mord, unglaublich!«

»Ich hätte schlaflose Nächte, wenn der Brief verloren ginge«, sagte sie besorgt.

»Das kann ich jetzt verstehen. In dem Fall fahre ich erst recht zu Mildred.«

Pamela nickte ihm dankbar zu.

»Wir müssen los, eine ganze Stunde sind wir hier gesessen«, sagte Pamela, nachdem sie einen Blick auf ihre Uhr geworfen hatte.

Wenig später klingelten sie bei Ann. Die Wohnung befand sich im zweitobersten Stockwerk des Gebäudes, dem zweiundzwanzigsten. Sie bestand aus drei kleinen Zimmern. Die Aussicht hoch über den Jachten war unbeschreiblich. Nur Höhenangst durfte man hier nicht haben. Ihr war schwindlig. Vorsichtig entfernte sie sich vom Fenster und betrachtete das Wohnzimmer. Die modernen hellen Möbel passten gut zur aprikosenfarbenen Tapete. Harry folgte ihr wenig später. Als sie nebenan das Schlafzimmer besichtigten, bemerkte Pamela, dass sie den Brief noch immer bei sich trug. Sie zog ihn aus ihrer Handtasche heraus und überreichte ihn Harry. Mit einem flüchtigen Blick las er die Adresse auf dem Umschlag: »Mildred Brass, 10 Park Road, Livinfield, UK«.

In diesem Moment tauchte Gerald vor ihnen auf. Pamela hatte seinen Duft gleich erkannt, Jazz von Yves Saint Laurent. Er starrte auf den Umschlag, den Harry in der Hand hielt. Sein kaum merkliches Zusammenzucken entging Pamela nicht. Sie war überrascht, ihn hier zu treffen, denn Gerald und Ann kannten sich nur flüchtig. Sie stellte ihn Harry vor. Gerald wirkte müde und angespannt. Er murmelte ein paar Worte und verschwand in das Nebenzimmer. Harry verstaute den Brief in seinem Jackett. Den Rest des Abends sahen sie Gerald nicht mehr. Warum war er zusammengezuckt beim Anblick des Umschlages? Sie kam aus dem Grübeln nicht heraus.

Kurz nach der Begegnung mit Pamela und Harry verabschiedete sich Gerald bei Ann. Er habe noch einen wichtigen Termin bei einem Kunden, gab er als Entschuldigung für sein schnelles Verschwinden an.

Auf dem Gehsteig unten überlegte Gerald fieberhaft, wie er an diesen Brief kommen konnte. Er musste wissen, was sie geschrieben hatte.

»Mildred Brass«, wiederholte er stutzig.

Er hatte mitbekommen, wie Ann im Wohnzimmer einer Freundin erwähnt hatte, dass Harry am nächsten Tag nach London fliege. Gerald hatte dieser Bemerkung keine Beachtung geschenkt. Er hatte auch nicht gewusst, um welchen Harry es sich handelte. Jetzt war alles anders. Warum hatte Pamela gefragt, ob viele Verbrechen in Hongkong geschahen?

War sie etwa der Augenzeuge, der Inspektor Chan auf den Plan gerufen hatte?

Dass Roxanne damals noch im Büro gewesen war, als sie die Truhe weggetragen hatten, hatte ihm Ted erst vor Kurzem gebeichtet. Sie sollte etwas gesehen oder gehört haben. Hatte Ted sie endlich zur Rede gestellt? Und dieser Inspektor Chan, der Ted beinahe täglich belästigte ... Bisher hatte er Gerald nicht verraten. Die Firma war nur auf den Namen von Ted eingetragen. Ted durfte keinen Fehler machen. Roxanne könnte hingegen gefährlich werden. Und nun dieser Brief. War Roxanne oder Pamela der Augenzeuge, den der Inspektor erwähnt hatte, oder doch jemand anders?

Es kann so nicht weitergehen, überlegte er.

Der Vorfall mit Wai Kei hatte ihn völlig aus der Bahn geworfen. Zum ersten Mal in seinem Leben hatte er Angst. Zu viele Fragezeichen ohne Antworten raubten ihm seit über zwei Wochen den Schlaf. Er hatte die Brutalität von Ted unterschätzt. Seither häuften sich die Probleme beinahe täglich. So hatte er immer noch keinen Ersatz für Wai Kei. Die Zeit drängte. Jetzt musste er sich aber zuerst auf diesen Brief konzentrieren.

Eine Stunde später hatte Gerald ein vollge-kritzeltes Blatt Papier vor sich und griff zum Telefon.

6

Am Freitag, dem zehnten Juli, um neun Uhr morgens bestieg ein Mann in Hongkong die Schnellbahn zum Flughafen. Er trug Jeans und ein meergrünes Lacoste-Hemd. Er war relativ groß und schlank, sein dichtes schwarzes Haar trug er kurz. Seine fünfundfünfzig Jahre sah man ihm nicht an. Er wirkte sportlich, obschon er für Sport überhaupt keine Zeit hatte. Er hatte drei Wochen Urlaub, bis zum einunddreißigsten Juli. Sein letzter Urlaub lag genau ein Jahr zurück. Damals war er mit dem Wagen von San Francisco nach Houston gefahren. Dieses Jahr hatte er in der ersten Woche vor, eine Rundreise durch Schottland zu unternehmen. Wo er die restliche Zeit verbringen würde, wusste er noch nicht. Biarritz oder Lissabon, er wollte sich noch nicht festlegen. Am Flughafen angekommen, steuerte er auf die Halle für internationale Flüge zu. An den Schaltern der Cathay Pacific standen erst wenige Passagiere an. Der Flug nach Paris sollte rechtzeitig starten, sagte ihm die Hostess, während sie die Bordkarte vorbereitete und er seinem Koffer auf dem Rollband nachschaute.

»Für Ihren Weiterflug nach London-Heathrow ist auch keine Verspätung angekündigt. Sie haben zwei Stunden Aufenthalt in Paris. Gute Reise!«

Er schwang seine Sporttasche über die Schulter und schlenderte durch die Hallen.

Im Duty-free-Shop kaufte er sich seinen Lieblingsduft, L'Homme von Versace. »Der vibrierende Duft für den selbstsicheren Mann«, sprach er lächelnd den Werbeslogan nach. Danach holte er sich eine Zeitung am Kiosk und setzte sich an eine der vielen Bars.

Mit seinem Leben war er sehr zufrieden. Die Stelle in der Logistikfirma in Hongkong, in der er seit vier Jahren arbeitete, war genau auf ihn zugeschnitten. Zudem war sein Vorgesetzter ein ehemaliger Studienkollege. Als Hongkong-Chinesen hatten sie nach der Schulzeit an einem Studentenaustauschprogramm teilgenommen. So kam es, dass sie zusammen an der Universität London Betriebswirtschaft studierten. Weil er schon als Kind von chinesischen Skulpturen fasziniert war, hatte er als Nebenfach Kunstgeschichte gewählt, mit Schwerpunkt asiatische Kunst. Alle sechs Wochen nahm er an einem Seminar in Kunstgeschichte in London teil. Für ihn, der keine Frau und keine Kinder hatte, war diese Stelle die ideale Kombination von Arbeit und Hobby.

Etwas später im Flugzeug lehnte er sich in seinem Sitz zurück, streckte die Beine aus und versuchte sich zu entspannen. Seine Gedanken kreisten aber immer schneller um das Ereignis in der Lok Ku Road vor knapp drei Wochen. Es war zwei Tage vor seiner letzten Reise nach London gewesen. Er hatte einen Jugendfreund besucht. Dieser wohnte in einem Wohnhaus im ältesten Quartier von Hongkong. Es war schon dunkel gewesen, als er mit schnellen Schritten die schmale, steile Straße hochgegangen war. Er hatte eine junge Frau überholt, bevor er den Eingang des zehnstöckigen Gebäudes erreicht hatte. In der Küche hatte sein Freund Tee zubereitet. Sie hatten sich dort an den Tisch gesetzt. Während sie sich unterhielten, hatte er aus dem Fenster den Garten des benachbarten Hauses mit dem stattlichen Baum betrachtet. Er liebte dieses malerische Quartier. Hier gab es noch Bäume und Gärten. Plötzlich hatte sich etwas im Garten bewegt. Trotz der Dunkelheit hatte er erkennen können, wie eine Person von einer anderen mit einem Golfschläger erschlagen worden und auf den Boden gesunken war. Eine weitere Person war danach blitzschnell wie eine Katze vom Haus zum Baum hin gesprungen. Wenig später hatten zwei Personen eine Art Kiste auf die Straße hinausgetragen. Ein Wagen war davongebraust. Die Person hinter dem Baum war auf die Straße gesprungen und davongerannt. Ihrer dreieckigen Handtasche nach zu schließen war es dieselbe Frau gewesen, die er überholt hatte. Sie war größer und breiter gebaut als einheimische Frauen. Ihr Gesicht hatte er beide Male nicht sehen können.

Er war die Treppe hinuntergestürzt und hatte die Frau bis zur Polizeistation verfolgt. Dort hatte er gewartet und weiter ihre Verfolgung bis zum Eingang eines Wohnblockes aufgenommen. Als sie durch die Tür verschwunden war, hatte er die Namen der

Bewohner studiert. Sie musste Pamela Bright sein. Alle übrigen Namen waren chinesisch.

In der Zwischenzeit hatte die Polizei den Mörder sicher gefasst, überlegte er. Das Verbrechen hatte ihn sehr schockiert. Da er wusste, dass diese Pamela die Polizei gleich aufgesucht hatte, hatte er sich keine Gedanken mehr darüber gemacht. Erst vor zwei Wochen war er wieder daran erinnert worden, als er seinen Vorgesetzten vor einer Sitzung in seinem Büro aufsuchte, der am Telefonieren war. In diesem Augenblick war der Name Lok Ku Road gefallen.

Seither machte er sich Vorwürfe. Als zweiter Zeuge hätte er die Aussagen von Pamela Bright bei der Polizei bestätigen sollen. Er wollte sich aber den Urlaub mit diesen wiederkehrenden Gedanken nicht verderben und beschloss, Mildred nach seiner Ankunft einen Besuch abzustatten. Mit ihr konnte er ohne Probleme darüber sprechen und mit seinem Gewissen wieder ins Reine kommen. Ihr verstorbener Mann war Professor der Betriebswirtschaft an der Universität London gewesen. Er hatte sein Studium bei ihm abgeschlossen. Nach dessen Tod hatte er wann immer möglich Mildred einen Besuch abgestattet, was leider viel zu selten der Fall war.

Um vier Uhr nachmittags Lokalzeit würde er in Heathrow landen, in seiner Wohnung das Gepäck abstellen und gleich zu Mildred weiterfahren, überlegte er. Danach würde er endgültig frei sein, drei Wochen lang. Zufrieden lehnte er sich zurück und schlief endlich ein.

Am Flughafen Roissy Charles de Gaulle befand sich der Jumbo der Cathay Pacific aus Hongkong auf dem Landeanflug über der Piste. Wenige Augenblicke später, nach einer sanften Landung, rollte die Maschine auf ihr zugeteiltes Parkfeld zu. Die ersten Passagiere standen schon auf und suchten nervös ihre Gepäckstücke in den Fächern über den Sitzen, als wollten sie noch während der Fahrt aussteigen. Er beobachtete sie kopfschüttelnd. Die wiederholten Aufrufe, bis zum Stillstand des Flugzeuges angeschnallt zu bleiben, nützten nichts. Sie waren pünktlich gelandet. In der weitläufigen Schalterhalle standen viele Leute um die riesige Anzeigetafel, die von der Decke herunterhing. Der

Weiterflug nach London war verspätet. Eine Zeitangabe suchte man vergeblich. Er ging zu einem Schalter hinüber.

»Was ist los?«

»Technische Probleme«, antwortete ihm die hübsche dunkelhaarige Frau, während sie ihren Bildschirm musterte. »In einer halben Stunde werden Informationen über Lautsprecher durchgegeben werden.«

Er seufzte. *Hoffentlich geht es bald weiter, damit ich mein schlechtes Gewissen heute bei Mildred loswerden kann*, dachte er. Zwei Stunden später wurde der Flug nach London endlich angekündigt. Es dauerte noch eine weitere Dreiviertelstunde bis zum Einsteigen. Er nahm sein Mobiltelefon aus der Tasche, schaltete es ein und suchte im Verzeichnis nach der gewünschten Nummer. Eine männliche Stimme meldete sich. Frau Brass könne nicht gestört werden, aber er würde ihr ausrichten, dass ein Herr sie heute Abend vor neun Uhr besuchen würde. Es war nicht die sympathische, tiefe Stimme von George gewesen. Hatte sie einen neuen Butler? Ob sie krank sei, hatte er gefragt. Krank sei sie nicht, wurde ihm geantwortet. Die Stimme gefiel ihm nicht.

Der Abflug hatte sich nochmals um zwei Stunden verschoben. Er rief Mildred nochmals an. Es war wieder die gleiche Stimme. Frau Brass könne nicht ans Telefon kommen. Er ließ ausrichten, dass er erst gegen dreiundzwanzig Uhr bei ihr eintreffen werde.

Über Heathrow herrschte dichter Verkehr. Sie flogen im Kreis über bewaldete Hügel, bis sie endlich landen konnten. Er hasste es, Termine nicht pünktlich einhalten zu können. Da er wusste, dass Mildred jeweils erst nach Mitternacht ins Bett ging, verzichtete er auf einen weiteren Anruf. Müde und genervt bestieg er die Untergrundbahn zu seiner Wohnung. Zwanzig Minuten später warf er seine Sporttasche und den Koffer in eine Ecke und stürmte auf den nahen Taxistand zu. Erst auf halber Strecke nach Livinfield bemerkte er, dass er sämtliche Ausweise, Kreditkarten und sein Mobiltelefon mit den Reisedokumenten auf seinem Schreibtisch liegen gelassen hatte. Seine Brieftasche trug er zum Glück bei sich. Er nahm es gelassen. Da er wieder mit einem Taxi nach Hause fahren würde, brauchte er keine Ausweise. Trotz der langen Reise ist es immer noch Freitag, überlegte er, während er die Landschaft im Dunkeln vorbeiziehen sah. Als das Taxi vor der Villa von Mildred hielt und gleich wieder wegfuhr, stellte er grimmig fest, dass es schon dreiundzwanzig Uhr fünfunddreißig war.

7

An diesem Freitag war bei Mildred viel los.

»Haben Sie alle Zimmer in Ordnung gebracht, Kathleen, Blumen aus dem Garten in die Vasen gestellt und in allen Badezimmern genügend Waschlappen und Badetücher hingelegt?«

Mildred ging von einem Gästezimmer zum nächsten und überprüfte, ob alles so war, wie sie es angeordnet hatte. Auf ihre treue Haushaltshilfe Kathleen, die fröhliche vierzigjährige Frau, konnte sie sich verlassen.

Der Butler war damit beschäftigt, das Treppengeländer auf Hochglanz zu polieren. Mildred hatte sich ganz feierlich in Schwarz und eine silberfarbene Pashmina gekleidet. Zu ihrem Geburtstag hatte sie Freunde und Bekannte eingeladen, die sie auf ihren diversen Reisen kennengelernt hatte. Sie hatte Glück, dass ihr achtzigster Geburtstag auf einen Freitag fiel. In wenigen Stunden würden die ersten Gäste da sein. In Gedanken stellte sie sich ihre Gäste vor. Rose, mit ihren langen

schwarzen Haaren und ihren breiten wohlge-
formten Lippen. Sie kam aus Brasilien. Rose
hatte sie vor Jahren im Hotel in Rio de Janeiro
kennengelernt. Patrick und Jane kamen heute
aus Australien zurück, wo sie einen Monat
verbracht hatten. Sie sollten jetzt in Heathrow
gelandet sein, überlegte sie, während sie einen
Blick auf ihre Wanduhr warf. Auf Michael
und Mary freute sich Mildred ganz besonders. Mary hatte so viel Humor und brachte
es immer fertig, selbst die langweiligsten und
schwierigsten Menschen zu unterhalten.

Schade, dass Pamela abgesagt hatte. Sie erinnerte sich noch gut, wie sie vor drei Jahren
neben ihr im Flugzeug nach Hongkong gesessen hatte. Das junge Mädchen hatte sich
so gefreut, neben einer alten Dame zu sitzen,
die ihr aufmerksam zuhörte, erinnerte sie
sich freudig. Ihr Traum, nach Hongkong auszuwandern, war an diesem Tag in Erfüllung
gegangen. Sie hatten seither öfters telefoniert
und Briefe ausgetauscht, aber Mildred hätte
sich so auf sie gefreut.

Mildred wohnte in Livinfield, einem kleinen
Städtchen in der Nähe von London. Die große

Villa mit ihrem U-förmigen Grundriss hatte sie zusammen mit ihrem Mann Tim vor über dreißig Jahren entworfen. Das Anwesen befindet sich zuoberst an der steilen Park Road und bildet deren Ende. Das stattliche gusseiserne Gitter mit seinem Tor ist von unten gut sichtbar. Eine breite Allee führt vom Tor zum hübschen runden Brunnen und zum Eingang der Villa. Die Fassade ist zum Teil von Efeu bedeckt, das sich von Jahr zu Jahr weiter ausbreitet. Es verleiht der Villa etwas Geheimnisvolles, aber auch etwas Düsteres.

Gegen drei Uhr nachmittags kamen die ersten Gäste. Kathleen empfing sie im Flur und führte sie in das große Wohnzimmer, durch deren drei Verandafenster man direkt in den Garten gelangen konnte.

»Rose! Wie habe ich mich gefreut, dich wiederzusehen!«

Mildred küsste sie auf beide Wangen.

»Du bist immer so elegant«, sprach sie weiter.

Sie trug ein gelb und weiß gestreiftes Wickelkleid, das ihr bis zu den Knien reichte. Ihre schlanke Taille kam gut zur Geltung.

Auf ihre Taille war sie immer stolz gewesen, erinnerte sich Mildred. Die langen schwarzen Haare trug sie offen, nur von einem gelbweißen Reifen zurückgehalten. Die hohen Absätze ihrer weißen Schuhe ließen ihre Beine noch länger erscheinen. Sie sah bezaubernd aus. Sie setzten sich und begannen über ihre erste Begegnung in Rio de Janeiro zu sprechen. Es klingelte wieder. Mary und ihr Mann Michael wurden hereingeführt. Mildred hatte schon ihre Stimme im Flur gehört. Mildred lächelte. Mary hatte immer ein paar Witze auf Lager. Lachend begab sich Kathleen wieder zur Haustür. Das mittelalterliche Ehepaar gehörte zu Mildreds engsten Freunden. Sie trafen sich regelmäßig, da sie in London wohnten. Mary trug ein schlichtes dunkelblaues Kleid mit einem hellen chinesischen Seidenschal. Michael trug den für solche Anlässe obligaten dunklen Anzug. Wenig später brachte Kathleen einen riesigen Strauß weißer Gladiolen herein. Eine halbe Stunde später kamen Jane und Patrick an. Sie hatten sich nach der langen Reise im Hotel in London wieder frisch gemacht. Beide waren braun gebrannt und sahen ganz erholt aus.

Und wieder ging eine herzliche Begrüßung los.

»Wie schön dass ihr trotz der langen Reise kommen konntet«, begrüßte sie Mildred und umarmte beide. Jane mit ihren halblangen, gebleichten Haaren mit Mèches trug einen eleganten blassrosa Hosenanzug und ein schokoladenbraunes Oberteil. Ihr Mann Patrick war etwas älter als sie, um die vierzig Jahre. Sein kurzer Haarschnitt passte gut zu seinem jugendlichen Gesicht. Nach einer Weile führte Kathleen die Gäste in ihre Zimmer im ersten Stock. Gegen zwanzig Uhr versammelten sie sich vor dem Wohnzimmer auf der Terrasse im Garten. Kathleen hatte den langen rechteckigen Steintisch mit großen rosafarbenen Rosen geschmückt. Der Strauß Gladiolen stand majestätisch in einer grünen Steinvase am Ende des Tisches. Bei Champagner und diversen selbst gebackenen Blätterteigköstlichkeiten wurde auf Mildred angestoßen.

Es war dreiundzwanzig Uhr dreißig. Mildred und ihre Gäste saßen noch immer in der warmen Sommernacht im Garten bei regen Diskussionen und Schilderungen. Sie unterhielten sich nun über eine Ausstellung, die zurzeit im British Museum zu sehen war.

»Ich habe von einer Bekannten den Ausstellungskatalog erhalten«, sagte Mildred und lief ins Wohnzimmer.

Er lag auf der kleinen Kommode zwischen zwei Verandafenstern. Sie nahm ihn und ging wieder hinaus. Hatte es geklingelt? Oft hatte sie das Gefühl, etwas gehört zu haben. Es stellte sich jedoch meistens heraus, dass es ihre Einbildung war. Dieses Mal hatte es wirklich geklingelt. Der Butler öffnete die Tür. Der Mann draußen sagte, er müsse dringend Frau Brass sprechen. Der Butler verschwand und kam wenig später zurück. Sie würde ihn morgen um zehn Uhr empfangen, richtete er dem Fremden aus. Er schloss die Tür und eilte in Wohnzimmer.

Etwa hundertfünfzig Meter von Mildreds Villa entfernt, an der gleichen Straße, saß Amanda an diesem Abend vor ihrem Haus im Garten. Auch sie hatte sich auf dieses Wochenende unendlich gefreut. John, ihr Mann, war seit drei Tagen auf einer längeren Geschäftsreise. Sie wollte sich dieses Wochenende richtig entspannen und frische Energie tanken. Die Woche durch arbeiteten beide in London. Amanda war vierunddreißig Jahre alt, schlank und sportlich wie John, der zwei Jahre älter war als sie. Amanda betrachtete ihren kleinen Garten, der bis zur Straße hinunterreichte. Unten hatte sie Rosen, Dahlien und Gladiolen in diversen Farben gepflanzt, die prächtig gediehen. Sie war ganz stolz darauf. Dichte Sträucher säumten den Garten auf beiden Seiten zu den Nachbarn hin und sorgten für etwas Privatsphäre. Der Juli hatte sich bis anhin von seiner besten Seite gezeigt. Hoffentlich würde der ganze Monat so bleiben, sonnig und doch nicht zu heiß. Sie genoss die Stille. Die Nachbarn waren in Urlaub gefahren. Einzig Mildred Brass war zu Hause. Sie wohnte am Ende der Straße. Während sie ihren Garten betrachtete, überlegte Amanda, welche Arbeiten sie am nächsten Tag verrichten wollte. Das Unkraut hatte wieder einmal oberste Priorität.

Etwas später lag Amanda im Bett, als sie draußen einen Knall hörte, gefolgt von Totenstille.

Im Halbschlaf dachte sie, sie habe geträumt. Sie drehte sich hin und her und versuchte wieder einzuschlafen. Etwas stimmt nicht, sagte sie sich unaufhörlich. Sie knipste das Licht an, der Wecker zeigte zehn Minuten vor Mitternacht. Sie stand auf, stieg die Treppe hinunter und spähte aus dem dunklen Wohnzimmer in den Garten hinaus. Nichts bewegte sich. Regungslos stand sie da, wie angewurzelt. Sollte sie ins Bett zurückkehren oder doch in den Garten hinausgehen? An Schlaf war nicht mehr zu denken. Sie fror. Sie stieg die Treppe hoch und holte ihren Schlafmantel aus dem Schrank. Sie zog ihn an, stieg wieder hinunter und ging in den Garten hinaus. Langsam schritt sie rechts den Büschen nach die dreißig Meter zur Straße hinunter. Es war totenstill. Sie zitterte. Auf der linken Seite schritt sie wieder zum Haus zurück. Plötzlich hörte sie ein kaum wahrnehmbares Stöhnen. Sie blieb stehen. War etwa wieder eine Katze vergiftet worden? Sie bemerkte eine Lichtung zwischen den Ästen. Vorsichtig ging sie hin. Sie schrie. Ein Mann lag im Gebüsch zusammengekauert. Sie konnte ihn in der Dunkelheit nicht gut erkennen, sah aber, dass er sich schwach bewegte. Er flüsterte etwas, »Bright« und »Hongkong« verstand sie. Danach rührte er sich nicht mehr. Die Polizei musste sofort benachrichtigt werden. Der Schock lähmte ihre Beine. Es dauerte einige Minuten, bis sie sich gefasst hatte. Sie rannte ins Haus zurück und rief die Polizei an. Drei Polizeibeamte waren schnell zur Stelle. Sie konnten nur noch den Tod des Mannes feststellen. Jetzt konnte sie das Gesicht im Scheinwerferlicht erkennen. Er hatte kurze schwarze Haare, seine Haut war braun gebrannt. Er hatte asiatische Gesichtszüge.

Am selben Tag war auch Harry unterwegs. Er hatte den Umschlag von Pamela bei sich. In wenigen Stunden würde er in London-Heathrow landen. Der Flug war angenehm. Der Film mit Woody Allen war soeben zu Ende gegangen. Er lehnte sich zurück und schlief nochmals ein. Ein Geräusch von Geschirr weckte ihn. Es wurde hell in der Kabine. Vorne wurden Tabletts mit dem Frühstück serviert. Bis jetzt hatten sie keine Verspätung. Es würde genügend Zeit zur Verfügung stehen, um vor der Sitzung sein Hotelzimmer zu beziehen und sich frisch zu machen. Die Handelsfirma, für die er tätig war, führte in regelmäßigen Abständen Sitzungen am Hauptsitz in London durch. Dort trafen sich jeweils die Leiter der diversen Filialen. Seinem Vorgesetzten war es diesmal nicht möglich gewesen teilzunehmen. Harry hatte ihn schon vor zwei Jahren vertreten müssen. War das nicht Wahnsinn, wegen einer Sitzung um die halbe Welt zu fliegen? Dieses Mal hatte Harry einen Tag mehr eingeplant. Da die Sitzung am Freitag stattfand, standen ihm somit das ganze Wochenende und der Montag zur Verfügung. Sein Rückflug war erst für Dienstagmittag gebucht. Er freute sich, in Ruhe die Stadt genießen zu können, durch die Straßen von Soho zu schlendern. Der Zeitung nach gab es zurzeit ein paar interessante Ausstellungen. Mit Glück war vielleicht noch eine Karte für ein Musical oder eine Theateraufführung zu bekommen. Sonntagvormittag würde er die zwanzigminütige Bahnfahrt zu Mildred genießen und ihr den Brief von Pamela aushändigen. Nachmittags wäre ein Spaziergang durch den Hyde Park eine Idee, je nach Wetter natürlich ... Er war hier aufgewachsen und wusste, dass man in dieser Hinsicht nicht allzu verwöhnt sein durfte.

Während Mildred mit ihren Gästen feierte, war Harry nach der Sitzung ins Hotel Park Lane zurückgekehrt. Da er als einziger Teilnehmer der nächsttieferen Hierarchiestufe angehörte, nahm es ihm niemand übel, dass er sich für das anschließende Nachtessen entschuldigt hatte. Nachdem er in der Bar bei Gin Tonic den Rapport der Sitzung erstellt hatte, machte er sich auf den Weg in Richtung Oxford Street. Er verließ das Hotel durch die Hinterseite, Richtung Shepherd Market. Wenig später verließ ein Mann das Hotel durch denselben Ausgang. Die Luft war frisch. Harry ging der Straße entlang, die von Pubs und kleinen Restaurants gesäumt war. Er konnte es sich nicht verkneifen, in eines dieser traditionellen Lokale einzutreten. Wie oft hatte er in Hongkong davon geträumt. Zu seiner Zeit war es üblich gewesen, nach der Arbeit mit den Kollegen ein Bier im nächstgelegenen Pub zu trinken. In Hongkong arbeitete man so spät in die Nacht hinein, dass man froh war, endlich nach Hause zurückzukehren. Harry setzte danach seinen Spaziergang in Richtung Oxford Street fort.

8

Amanda war am nächsten Tag, Samstag, mit Kopfschmerzen aufgewacht. Hatte sie geträumt oder lag wirklich ein Mann erst halbtot und danach tot im Gebüsch? Sie ging in den Garten hinaus und suchte nach dem Tatort. Die abgebrochenen Äste lagen noch herum. Etwas hatte sie gestört, bevor sie den Mann entdeckt hatte. Krampfhaft versuchte sie sich daran zu erinnern. Schritt für Schritt ging sie nochmals in Gedanken diese Nacht durch. Genau, ein Stück Papier war im Gras gelegen. Ganz automatisch hatte sie es aufgelesen. Sie stürmte zum Haus zurück in das Schlafzimmer. Fieberhaft durchsuchte sie die Säcke ihres Schlafmantels. Nichts. Sie wühlte im Papierkorb, wieder nichts. Im Wohnzimmer fand sie es schließlich. Es lag auf dem Boden, neben dem kleinen Tisch mit dem Telefon. »Lok Ku Road« war darauf gekritzelt sowie einige chinesische Zeichen.

Zu dieser Zeit, um acht Uhr, war Harry bereits mit dem Frühstück fertig. Ein herrlicher

Samstagmorgen kündigte sich an, mit strahlend schönem Wetter. Soho stand auf dem Programm. Er nahm denselben Weg wie am Abend zuvor. Von der Oxford Street bog Harry nach rechts ab und gelangte schließlich in die berühmte Carnaby Street. Es waren erst wenige Leute unterwegs. Er freute sich, endlich wieder in diesem Quartier zu sein.

Wiederum hatte Harry den Mann nicht bemerkt, der kurz nach ihm das Hotel verließ.

Harry flanierte den alten Häusern aus Backstein entlang. Vergessen waren der lange Flug, die Sitzung und die Hektik von Hongkong. Er hatte das Gefühl, auf einem anderen Planeten zu sein. Er bog in eine Querstraße ein. Auch hier gab es ein schöneres Schaufenster neben dem anderen, als ob die Besitzer einem Preis nachstrebten. Einige Hundert Meter weiter entdeckte er einen Hinterhof. Er ging hinein. Holzstapel und Holzkisten lagen herum. Aus der Halle mit dem weit geöffneten Tor hörte man das Geräusch einer Säge. Hier gab es sie noch, die Handwerksbetriebe wie in alten Zeiten. Er ging zurück. An der Ecke stand ein Mann, der scheinbar auf jemanden wartete. Er musste zwischen dreißig und fünfunddreißig Jahre alt sein. Er schaute ungeduldig nach rechts und nach links, dann wieder auf seine Uhr. Harry nahm seinen Spaziergang wieder auf. *Ein Kaffee wäre keine schlechte Idee*, dachte er. Er kaufte sich eine Zeitung und ging in die nächste Cafeteria hinein. An der Bar saßen ein junges Paar und zwei weitere Herren. Er setzte sich an ein rundes Tischchen. Rechts am Tisch nebenan unterhielten sich zwei ältere Frauen vor einer Kanne Tee und zierlichen Porzellantassen. Sie waren in eine rege Diskussion vertieft.

»Sie trägt einfach immer zu kurze Röcke und viel zu enge Oberteile«, hörte er.

Oh, da wurde wieder die heutige Jugend kritisiert ... Harry hatte seine Lederjacke auf den zweiten Stuhl gelegt und machte es sich bequem. Er bestellte einen Kaffee und zückte die Zeitung. Ein Selbstmordattentäter hatte sich in Bagdad in die Luft gesprengt. Wieder wurden unschuldige Menschen in den Tod gerissen. In Afghanistan war ein Helikopter mit Soldaten abgestürzt. Auf den Philippinen stand ein Vulkan kurz vor seinem Ausbruch. Nur noch dramatische Nachrichten füllten die Zeitungen.

Am Tisch auf der linken Seite setzte sich jemand hin. Harry blickte kurz auf und las weiter. Nach einer Weile legte er die Zeitung auf die Seite, lehnte sich zurück und beobachtete die Leute drinnen und draußen. Der Mann am Nebentisch war mit seinem Mobiltelefon beschäftigt. Er schrieb offensichtlich eine Kurznachricht. Harry stutzte. Wo hatte er ihn schon einmal gesehen? Der Mann hatte kurze helle Haare und trug eine randlose Brille. Richtig, der hatte doch vor dem Hinterhof gestanden und auf jemanden gewartet. Er war noch immer allein. Harry wandte sich wieder anderen Leuten zu. Die beiden Damen am Nebentisch hatten vor Kurzem die Cafeteria verlassen. Es war halb elf, als Harry der Bedienung winkte und bezahlte. Er begab sich zur Toilette, nahm danach seine Jacke vom Stuhl, verabschiedete sich von seinem Nachbarn und verließ das Lokal. Den Nachmittag genoss er im Hyde Park.

9

Am Sonntag war es merklich kühler. Dunkle Wolken bildeten sich am Himmel. Der Alltag war bei Mildred wieder eingekehrt. Die Schlafzimmer waren wieder so hergerichtet, dass sie für neue Gäste bereitstanden. Der Butler hatte sich dem Garten gewidmet, die unzähligen Stühle in den Gartensaal versorgt und den Essplatz auf der Terrasse gewischt. Da Kathleen bis am Abend frei hatte, stellte sich Mildred einen Brunch zusammen, bestehend aus einer Platte mit kaltem Fleisch, Brot und Käse. Nach dem Brunch setzte sie sich ins Wohnzimmer und begann die Tageszeitung zu lesen. »Mord, die Polizei ermittelt!«, stand in großen Buchstaben auf der ersten Seite.

In diesem Moment klingelte es an der Tür. Da der Butler seine Mittagspause hatte, ging sie selber zur Tür. Ein junger Mann stand da. Harry stellte sich vor und teilte ihr mit, dass er sie im Auftrag von Pamela besuchte.

»Na, so eine Überraschung! Kommen Sie herein, Harry!«

Mildred führte ihn ins Wohnzimmer. Die hohen Verandafenster waren von cremefarbenen Vorhängen mit großen weinroten Blumen und jadegrünen Blättern hübsch umrahmt. Antike englische Kommoden standen zwischen den drei Fenstern. Ein elegantes Sofa und zwei Sessel waren um einen niedrigen rechteckigen Spiegeltisch an der gegenüberliegenden Wand angeordnet. Ein Strauß weißer Rosen schmückte den Tisch.

»Setzen Sie sich!«, rief sie ihm fröhlich zu.

Das Zimmer strahlte so viel Wärme aus, dass auch die langen, dunklen Winter gemütlich sein mussten, ging es Harry durch den Kopf, während er sich umsah.

»Kann ich Ihnen einen Sherry anbieten? Einen trockenen oder einen Bristol Cream?«

Mildred holte zwei Sherrygläser und eine Kristallflasche aus einem kostbaren Rosenholzkästchen hervor. Sie stellte sie auf das fein gravierte Silbertablett, das auf dem Kästchen bereitstand. *Das muss ihre Bar sein*, sagte er sich.

»Erzählen Sie mir zuerst von sich, was Sie in Hongkong machen und wie Sie Pamela kennengelernt haben«, forderte sie ihn auf, während sie mit dem Tablett zurückkam.

Sie überschüttete ihn mit Fragen. Mildred strahlte regelrecht, als Harry ihr schilderte, wie gut es Pamela ging und wie glücklich sie sich in Hongkong fühlte.

»Ich möchte Ihnen ganz herzlich zum Geburtstag gratulieren! Wie war Ihre Geburtstagfeier?«, konnte Harry sie endlich fragen.

Die alte Dame redete so viel, dass er den Brief beinahe vergessen hätte.

»Ich habe hier einen Brief von Pamela für Sie«, sagte er, während er in die Innentasche seiner Jacke griff. Der Brief war nicht da. Er suchte nochmals, er war sich ganz sicher, dass er den Brief dort hineingesteckt hatte. Er stand auf, durchsuchte nervös seine Hosentaschen, obschon er genau wusste, dass er ihn dort nicht finden würde. Wo war der Brief? Der Boden schien ihm unter den Füßen wegzugleiten. *Nicht auszudenken, was Pamela zustoßen könnte, falls er gestohlen worden wäre. Aber das ist nicht möglich*, sagte er sich immerzu. *Zudem kommt Pamelas Familienname im Text sicher nicht vor*, überlegte er weiter.

»Beruhigen Sie sich! So schlimm kann es nicht sein, selbst wenn Sie ihn wirklich verloren hätten«, sagte Mildred mit ihrer ruhigen, tiefen Stimme. »Vielleicht haben Sie gestern eine andere Jacke getragen und der Brief steckt dort drin.«

Harry schüttelte vehement den Kopf.

»Schildern Sie mir Ihren Tagesablauf«, forderte sie ihn auf, da er immer verzweifelter wirkte.

Er konzentrierte sich. Ob er in der Bahn die Jacke ausgezogen hatte? Das hatte er nicht. Er hatte im Hotel gefrühstückt und war danach in sein Zimmer zurückgekehrt. Dort hatte er die Zeitung überflogen und sich auf den Weg zur Victoria Station gemacht. Die Bahn war fast leer, im Abteil war er allein gewesen.

»Wo waren Sie gestern?«

Harry erzählte von seinem Spaziergang durch Soho und wie er nachmittags im Hyde Park zur Speakers' Corner gegangen war. Er hatte seine Jacke immer dabeigehabt mit dem Brief. Er konnte es nicht verstehen. Mildred ließ sich ihre Enttäuschung nicht anmerken, der Arme war so verzweifelt.

»Den Brief brauche ich nicht, Sie haben mir das Leben von Pamela so gut beschrieben«, sagte sie ihm fröhlich.

Für Mildred war das Thema erledigt.

Sie füllte das Glas von Harry nach und goss sich ebenfalls eine ordentliche Menge ein.

»Trinken Sie, es wird Ihnen guttun! Nachher zeige ich Ihnen den Garten«, schlug sie vor, um ihn abzulenken.

»Ich muss Ihnen den Inhalt des Briefes schildern«, sagte Harry leise, der völlig aufgelöst schien.

»Ach, wirklich?«, fragte Mildred neugierig und beugte sich zu ihm hin.

Harry erzählte, was Pamela beobachtet hatte. Die Fröhlichkeit von Mildred war einer steinernen Miene gewichen. Sie fragte mehrmals, ob Pamela die Männer wiedererkennen könnte.

»Nein, es war zu dunkel«, wiederholte er die Worte von Pamela.

»Für Pamela ist die Sache erledigt, da sie umgehend die Polizei aufgesucht hat«, meinte Mildred nach einer Weile und versuchte ruhig zu wirken.

Von Gerald hatte Harry nicht gesprochen.

»Stand etwa mein Name und meine Adresse auf dem Umschlag?«

»Ja«, antwortete Harry, der sich immer elender fühlte.

Klar, jetzt habe ich auch Mildred in die Angele-genheit verwickelt, sagte er sich in Panik.

Mildred war wütend. *Wie konnte Pamela nur so dumm sein, ein Verbrechen in einem Brief zu beschreiben, in einem adressierten Umschlag noch dazu! Nicht zu fassen!*

»Überprüfen Sie Ihr Gepäck nochmals, durchsuchen Sie Ihr Hotelzimmer und rufen Sie mich an, wenn Sie ihn gefunden haben«, sagte sie in forschem Ton.

Harry verabschiedete sich und schritt zur Haustür. Mit einem Ruck drehte er sich um. Er erzählte ihr, dass er in der Cafeteria seine Jacke ausgezogen hatte. Er hatte sie auf dem Stuhl gelassen, während er die Toilette aufgesucht hatte. Hatte der Mann den Brief aus der Jacke gezogen? Diese Person war ihm schon beim Eingang zum Hinterhof aufgefallen. Hatte er ihn verfolgt? Das konnte nicht sein. Niemand wusste, dass er einen wichtigen Brief bei sich trug. Wollte er nur an sein Geld oder an die Kreditkarten? Nicht möglich, der Brief wäre noch da, überlegte er nachdenklich. Seine Geldbörse hatte er in seinem Hosensack verstaut, wie auch heute. Harry trug keine teuren Kleider. Mit seinen schwarzen

Jeans, einem Hemd und der alten Regenjacke wirkte er alles andere als gut situiert. Seine Uhr, mit der Aufschrift einer bekannten Nudelmarke, hatte er bei einem Wettbewerb gewonnen. Mildred verlangte eine genaue Beschreibung des Mannes. Er erwähnte nur seine hellen Haare und seinen Regenmantel. Der Mann hatte mit der Sache sicher nichts zu tun. Am Nachmittag war es so kühl geworden, dass er seine Jacke nie ausgezogen hatte. Trotzdem, der Brief war weg.

Er verabschiedete sich nochmals hastig und ging wieder den gleichen Weg zum Bahnhof zurück.

»Einen schönen Tag noch!«

Das war wieder die freundliche Dame, die ihn auf dem Weg zu Mildred begrüßt hatte. Er war so intensiv mit seinem Problem beschäftigt, dass er sie gar nicht beachtet hatte. Lächelnd stand sie mit einer Gartenschere auf dem sattgrünen Rasen in ihrem Garten, obschon es inzwischen regnete.

Mildred stand weiterhin wie angewurzelt unter der offenen Haustür und blickte Harry nach. Es sollte nicht ihre letzte Überraschung sein.

10

Am Montag früh verspürte Mildred den Beginn eines Migräneanfalles.

»Schönen guten Morgen«, rief Kathleen fröhlich und brachte Mildred das Tablett mit dem Frühstück ans Bett.

»Sie sind ja ganz blass und etwas Fieber scheinen Sie auch zu haben. Sie hätten nicht so lange draußen bleiben sollen Freitagnacht. Es war nicht mehr so warm.«

Auf Empfehlung ihres langjährigen Arztes blieb Mildred den ganzen Tag über im Bett. Kathleen hatte begonnen, das Wohnzimmer und den Flur zu reinigen, als sie draußen Bill, den Butler, kommen sah. Ein Blick auf die Wanduhr zeigte, dass es Viertel vor zehn war. Er hatte sich um über eine Stunde verspätet. Hoffentlich würde es Mildred nicht bemerken, sie konnte Unpünktlichkeit nicht leiden. Bill hatte diese Stelle vor drei Monaten angetreten. George, sein Vorgänger, hatte letztes Jahr das Pensionsalter erreicht. Obschon er Mildred immer versichert hatte, länger bei ihr arbeiten zu wollen, ließ dies seine Arthrose nicht zu. Dreißig Jahre lang hatte er sich liebevoll um das Haus und den Garten gekümmert. Sowohl Mildred als auch Kathleen vermissten ihn sehr. In seiner Nähe hatten sie sich immer in Sicherheit gefühlt. Es konnte draußen noch so heftig stürmen, um ihn herum war die Welt in Ordnung.

Mit Bill war alles anders. Morgens kam er oft halb verschlafen daher und fragte, was er tun solle. Stöhnend machte er sich dann an die Arbeit. Seine Zeugnisse wiesen auf eine andere Persönlichkeit hin. Zusammen hatten sie die Unterlagen der drei Kandidaten studiert, die sich gemeldet hatten. Sowohl Mildred als auch Kathleen hatten Bill bevorzugt. Mit seinen fünfundfünfzig Jahren hatte er viel mehr Erfahrung als die beiden anderen Bewerber, die um die dreißig Jahre alt waren. Sie hatten das Gefühl gehabt, dass er gut zu Mildred passen würde. Offensichtlich hatten sie sich getäuscht. Mildred mochte Bill nicht. Für Kathleen war er schlichtweg eine Belastung. Sie hatte ihn mehrmals auf seinen unhöflichen Ton Mildred gegenüber angesprochen, vergeblich. Die Selbstsicherheit, die er anlässlich des Vorstellungsgesprächs vermittelt hatte, war gänzlich verflogen. Mit seiner bleichen, etwas gequält wirkenden Miene schien er stets verängstigt zu sein. *Kann man sich in so kurzer Zeit so stark verändern?*, wunderte sich Kathleen. Drei Monate waren seither vergangen. Mehrmals hatte sie versucht, ihn vorsichtig zur Rede zu stellen. Er wich jeglichem Gespräch aus. Heute war er besonders blass. Was war nur los, ging eine Erkältung um? Kathleen schüttelte den Kopf und ging auf die Küche zu. Der Boden musste gewischt, die Fliesen an der Wand auf Hochglanz gebracht werden. Ihr Schwung fand unter der Tür ein abruptes Ende. Saß doch Bill am Tisch vor einer Tasse Kaffee!

»Sollten Sie nicht endlich mit der Arbeit beginnen?«

Er erschrak, murmelte etwas und verschwand.

Später hatte Bill auf Anweisung von Kathleen die Terrasse gewischt und den Rasen zwischen den Hecken von Unkraut befreit. Gegen fünfzehn Uhr begab er sich nach oben zu Mildred, um weitere Aufgaben einzuholen. Im Gang hörte er ihre Stimme durch die geschlossene Tür.

»Nein, ich habe nichts gehört. Wir saßen auf der Terrasse zum Garten hin. Von der Straße her kann man dort nichts hören. Um zehn Minuten vor Mitternacht sagen Sie? Sie sind Inspektor Gray?«

Bill hatte genug gehört. Dass das Telefon geklingelt hatte, hatte er nicht mitbekommen. Er drehte sich um und stieg behutsam die Treppe hinunter. Er hörte den Staubsauger aus dem kleinen Wohnzimmer und Möbel, die verschoben wurden. Da auch dieses Zimmer nur zum Garten hin Fenster hatte, konnte ihn Kathleen nicht sehen. Lächelnd verschwand er durch den Haupteingang.

Unter dem Vorwand einer Magenverstimmung hatte sich Amanda am Montag für zwei Tage in der Firma, in der sie angestellt war, abgemeldet. Ihre Gedanken kreisten unaufhörlich um den Mord. An Arbeit war nicht zu denken.

Nora fiel ihr ein. Sie führte die Buchhandlung in Livinfield. Alle zwei Wochen stöberte Amanda dort nach Neuerscheinungen. Nora beriet sie immer gut, wenn sie nach einem spannenden Buch verlangte. Um halb zwei machte sie sich auf den Weg zu Nora. Sie war die erste Kundin. Sie unterhielten sich ganz vertieft, bis ein Mann hereinkam. Wenig später beendeten sie ihr Gespräch leise, während der Mann zwischen den Regalen nach einem Buch suchte.

Zu Hause überlegte Amanda nochmals den Standpunkt von Nora.

»Analytisches Denken ist hier gefragt. Mildred ist die einzige Person, die dir weiterhelfen kann«, hatte ihr Nora geraten.

Dass sie auf den gleichen Schluss gekommen war wie Nora, erfüllte sie irgendwie mit Stolz.

Sie hatte Mildred am späten Vormittag angerufen. Leider hatte sie nicht mit ihr sprechen können, Mildred fühle sich nicht gut, hatte ihr Kathleen ausgerichtet. Amanda plagte sich mit dem Gedanken herum, den zerrissenen Zettel doch der Polizei zu übergeben. *Ausgerechnet jetzt muss Mildred krank sein! Falls mich die Polizei nochmals vernehmen sollte, soll ich es erwähnen? Mit der Verheimlichung dieses bestimmt wichtigen Dokumentes habe ich mich bereits verdächtig gemacht*, befand sie.

Kurz nach drei Uhr nachmittags beschloss

sie, den Kiosk am Bahnhof aufzusuchen. Vielleicht gab es Neuigkeiten in den Zeitungen. Der Bericht im Sonntagsblatt hatte nur erwähnt, dass ein Mann in Livinfield erschossen aufgefunden worden war, ohne weitere Kommentare. Sie nahm einen Schirm aus dem Ständer und machte sich auf den Weg. Nach einigen Schritten hörte sie jemanden hinter sich rennen. Sie ging zur Seite auf dem Gehsteig. Niemand überholte sie. Sie drehte sich um. Ein Mann stand mitten auf der Fahrbahn und rang nach Luft. Amanda wollte zu ihm hin, als er sich wieder in Bewegung setzte und sie überholte. Sie schrie. Vorne bei der Kurve konnte jederzeit ein Wagen auftauchen. Es kam kein Wagen. Mit zitternden Knien ging sie weiter. Die Kurve führte durch einen Teil des ausgedehnten Waldes, der sich um das Dorf herum erstreckte. Einige Meter nach der Kurve gelangte man auf der Höhe des Bahnhofes in die High Street, die Hauptstraße von Livinfield. Diese führte parallel zur Park Road den Hügel hinauf zu einer großen Villa. Sie war etwa einen halben Kilometer lang und von malerischen Backsteinhäusern umsäumt. Amanda, die dieses

Städtchen liebte, hatte an diesem Tag keinen Blick dafür übrig. Im Stechschritt betrat sie das Bahnhofsgebäude. Der Kiosk befand sich neben den beiden Schaltern. Sie vertiefte sich in die Schlagzeilen der Zeitungen und Zeitschriften. Sie kaufte sich schließlich eine Zeitschrift und bemerkte erst jetzt, dass jemand neben dem Kiosk auf der Bank saß. *Es ist der Mann von vorhin. Er muss den Zug verpasst haben*, dachte sie. Er war nicht von hier, aber er kam ihr trotzdem bekannt vor. *Der neue Butler von Mildred*, fiel ihr ein. Sie ging zu ihm hin und fragte, wie es Mildred gehe. Der Mann zuckte zusammen. Er wirkte völlig verwirrt. Amanda wartete, aber es kam keine Antwort. Sie wiederholte ihre Frage.

»Sie werden wiederkommen«, stammelte er.

»Wie bitte?«, fragte Amanda erstaunt. »Wer wird wiederkommen?«

»Diese Männer.«

»Welche Männer?«

»Ach, ich weiß nicht«, murmelte er, während er sich mühsam aufrichtete und auf den Zeitungsständer zuging.

Amanda und Helen, die Frau, die den Kiosk betreute, schauten sich wortlos an und zuckten die Achseln. Amanda kam sich vor wie in einem Theaterstück. Da starb ein Mann an einer Schussverletzung in ihrem Garten. Sie gehörte zu den Verdächtigen, da sie den Zettel nicht zur Polizei gebracht hatte, und nun dieser Verrückte, der ausgerechnet bei Mildred arbeitete.

II

Am Dienstag beschloss Axel, der blonde Mann, der Harry verfolgt hatte, nach der Arbeit nach Livinfield zu fahren. Die Zeitungen waren voller Spekulationen über den Tod des unbekannten Mannes. Axel hatte den Sonntag zu Hause verbracht. Seine Freude über den erledigten Auftrag war jedoch durch die Berichte über den Mord getrübt. Der Mann soll Freitag um Mitternacht in Livinfield entdeckt worden sein. Ausweispapiere waren keine gefunden worden. Nur seine asiatischen Gesichtszüge wurden in den Zeitungsberichten erwähnt.

Um zwei Uhr nachmittags bestieg er die Bahn in London. Zwanzig Minuten später stieg er in Livinfield aus dem Zug. Der Bahnhof bestand aus einem winzigen Gebäude in schlechtem Zustand.

Neben den beiden Schaltern befand sich ein kleiner Kiosk. Vom Bahnhof aus führte die Hauptstraße des Städtchens hinauf, an deren Ende ein schönes herrschaftliches Haus stand. Kleine Geschäfte säumten die

Straße auf beiden Seiten. Langsam schritt er die Straße hinauf. Auf ein Wolle- und Handarbeitsgeschäft folgten eine Apotheke, eine Buchhandlung und weiter vorne ein Lebensmittelgeschäft. Auf der gegenüberliegenden Seite stand ein Tabakladen, daneben ein größeres Innendekorationsgeschäft mit einem ganzen Wohnzimmer im Schaufenster und nebenan ein Fenster, das mit lauter pastellfarbenen Schirmen dekoriert war. Die Luft war hier auf dem Lande viel reiner und angenehmer als in der Stadt, befand er, aber es blieb teuflisch heiß.

Er ging bis zur Villa hoch, drehte sich um und betrachtete das Städtchen. Es war hübsch, aber zu abgeschieden für seinen Geschmack. Am Himmel türmten sich hohe weiße Wolken wie Pilze. Auf dem gegenüberliegenden Gehsteig schlenderte er wieder hinunter. Vor dem Bahnhof auf der Kreuzung bog eine Straße nach rechts ab, welche parallel zur Hauptstraße den Hügel hinaufführte. Er las »Park Road« auf dem Schild. Einfamilienhäuser umgeben von Gärten waren auf beiden Seiten zu sehen. Eine Frau kam ihm entgegen. Sie trug ein weißes Sommerkleid und hatte einen Strohkorb am Arm. Axel blieb stehen und tat so, als studiere er die roten Blüten an einem Rosenstrauch im Garten, aus dem sie gekommen war.

»Sind die wundervoll«, sagte er.

»Ich hatte auch meine liebe Mühe mit ihnen«, entgegnete ihm Amanda lächelnd. Unter ihrem breitrandigen Hut kamen blonde gewellte Haare hervor. Sie reichten bis zu den Schultern hinunter. »Interessieren Sie sich für Pflanzen?«

»Nein, ich verstehe nichts davon, aber ich bewundere sie gerne in den Gärten. Ach, übrigens, wurde nicht hier ein Mann erschossen? Die Zeitungen haben von einem Verbrechen berichtet. Aber vielleicht verwechsle ich den Ort«, sagte er seufzend.

»Ja, Sie haben recht, es geschah hier, ich meine, hier in dieser Straße«, korrigierte sich Amanda.

»Ist die Tat aufgeklärt worden? Ist die Identität des armen Mannes bekannt?«, fragte Axel weiter.

»Noch nicht. Sind Sie zum ersten Mal hier?«

Der Mann kam ihr plötzlich verdächtig vor.

»Ja, ich sehe mich nach einem Haus um und

besuche deshalb Ortschaften in dieser Gegend. Meine Familie und ich wünschen uns, in der Natur zu wohnen, in der Nähe von Wäldern, und doch nicht zu weit weg von London. Ich muss mich etwas beeilen, auf Wiedersehen«, verabschiedete sich Axel schnell, dem ihre Haltung nicht entgangen war.

»Na, dann wünsche ich Ihnen einen erfolgreichen Spaziergang«, entgegnete sie ihm mit durchdringendem Blick.

Amanda eilte zur Hauptstraße hinunter. Im Lebensmittelgeschäft stand sie vor einem Gestell mit sorgfältig aufgetürmten Tomaten. Sie nahm ein paar und ging weiter zu den Auberginen. *Was brauche ich denn noch?* Der Mann ging ihr nicht aus dem Sinn. Ein Haus bei einem Wald, so sah der Mann nicht aus. Sie hatte sein Gesicht genau studiert. Sie hatte keine besonderen Merkmale festgestellt. *Mit seiner linken Hand stimmte etwas nicht*, erinnerte sie sich. Sie war froh, dass sie nicht erwähnt hatte, dass es im Gebüsch in ihrem Garten geschehen war und sie diejenige war, die die Polizei alarmiert hatte. Er hatte sich zu schnell nach dem Toten erkundigt.

»Definitiv verdächtig«, wiederholte sie laut vor sich hin.

Axel war inzwischen bei der Nummer zehn angelangt. Er blieb stehen. Das war die Adresse auf dem Umschlag. Eine stattliche Villa. Er betrachtete das eiserne Tor, das die Villa von der Straße trennte. Plötzlich erschien ein Mann um die Ecke des Hauses. Energisch wischte er die Steinplatten vor dem Haus und um den Brunnen herum, der die Eingangstüre verdeckte. *Vielleicht ist er der Butler*, rätselte Axel. Es wurde dunkler, der Wind frischte auf. Der Mann drehte sich kurz zum Tor hin, als er den blonden Mann gegenüber auf der Straße bemerkte. Langsam ging er auf das Tor zu und behielt Axel scharf im Auge. Axel spürte, wie sein bedrohlicher Blick ihn durchbohrte. Axel drehte sich langsam um und ging wieder hinunter in Richtung Bahnhof. Dicke Regentropfen und lautes Donnern kündigten ein unvermeidliches Gewitter an.

Die Frau im weißen Kleid kam ihm rennend entgegen. Ihr Korb war mit Gemüse und Früchten gefüllt. Es regnete jetzt in Strömen.

»Kommen Sie mit auf die Veranda, dort sind wir im Trockenen«, sagte sie zu ihm.

Ein Blitz erleuchtete in diesem Moment den Himmel. Sie setzten sich an den runden Tisch. Amanda fragte ihn über seine Familie aus, die er nicht hatte. Nicht einmal eine Freundin hatte er zurzeit. Er wechselte das Thema abrupt, indem er sie fragte, wer denn in der großen Villa wohne.

»Eine ältere Dame«, antwortete sie kurz.

»Ein Gärtner oder Butler scheint dort zu arbeiten«, sagte er beiläufig.

»Das kann schon sein, warum?«

»Ein guter Wachmann, aber vielleicht täusche ich mich?«

Amanda blieb stumm. *Verdächtig*, sagte sie sich dieses Mal voller Überzeugung. Auch Axel war das Gespräch nicht ganz geheuer. Es hatte inzwischen fast aufgehört zu regnen. Er verabschiedete sich dankend und machte sich auf den Weg zum Bahnhof. Das Pub hinter dem Bahnhof hatte er bisher gar nicht bemerkt. Ohne zu zögern ging er hinein. Vier Männer saßen an einem runden Tisch und tranken Bier. Sie diskutierten aufgeregt über eine Frau.

»Es gehen Gerüchte um, dass sie eine Notiz von diesem Mann haben soll«, sagte einer.

»Der war ja tot. Hat sie etwa seine Hosensäcke mitten in der Nacht durchsucht?«

»Frag sie doch selber, wenn es dich so interessiert.«

»Es ist ja schließlich hier passiert.«

Axel schaute gebannt zu den Männern hinüber, bis einer es bemerkte. Leise sprachen sie weiter. Sie hatten das Thema gewechselt.

Axel bezahlte und ging. Er hatte genug gehört, die Tat war offensichtlich noch nicht aufgeklärt, aber jemand schien mehr darüber zu wissen als die Polizei.

Als Axel wieder zu Hause war, stellte er eine Nummer auf seinem Mobiltelefon ein.

In einem Büro in Hongkong klingelte das Telefon. Nach dem sechsten Ton nahm endlich jemand den Hörer ab.

»Ja bitte?«

»Hier ist Axel.«

»Na endlich, ich warte schon seit Tagen auf deinen Anruf. Und?«

»Ein Mann aus Asien mit noch unbekannter Identität wurde erschossen.«

»Interessiert mich nicht! Verbrechen geschehen überall auf der Welt«, kam die Antwort.

»Es geschah aber Freitagnacht in Livinfield. Die Polizei scheint im Dunkeln zu tappen«, entgegnete ihm Axel.

»Ich nehme an, du hast meinen Auftrag erfüllt«, brüllte er jetzt Axel an.

»Es war nicht so leicht, aber ich habe Glück gehabt. Der Auftrag ist erledigt.«

»Ja und? Hat sie etwas gesehen?«, kam völlig genervt durch die Leitung.

»Ja!«

»Lies mir den Brief vor!«

Als Axel den letzten Satz vorgelesen hatte, fragte er: »War der Erschossene etwa der Mörder von Hongkong?«

Wutentbrannt knallte Gerald den Hörer auf. Sie war es, die die Polizei informiert hatte.

»Sie muss verschwinden, ich werde mich darum kümmern«, fauchte er laut seinen Laptop an.

Wenig später lehnte sich Gerald nachdenklich in seinem bequemen Bürostuhl zurück. Er konnte sich nicht mehr auf seine Arbeit konzentrieren. *Ein Mann aus Asien in Livinfield ermordet ... es macht keinen Sinn, es sei denn ...*

aber das ist unmöglich, beruhigte er sich gleich wieder.

12

Kritisch betrachtete sich Pamela im langen Spiegel im Flur. Die eisblaue Leinenhose und das etwas dunklere, taillierte Oberteil standen ihr gut. Ihre schulterlangen braunen Haare hatte sie heute einfach nach hinten gekämmt. Mit der Agenda in der Tasche machte sie sich auf den Weg zur Arbeit. Sie war froh, zu Fuß zur Firma gehen zu können, in der Untergrundbahn herrschte um diese Zeit immer dichtes Gedränge. Sie dachte an Harry. *Wie es ihm wohl bei Mildred ergangen ist? Ob sie ihren Brief gleich gelesen hat?* Sie hatten vereinbart, dass er sie anrufen würde. Sie hatte nichts von ihm gehört. Es war Mittwoch. *Am Mittag sollte er landen*, sagte sie sich ganz aufgeregt.

Den ganzen Tag war Pamela mit umfangreichen Dokumenten beschäftigt. Sie verzichtete auf eine Mittagspause. Am späten Nachmittag verließ sie endlich müde, hungrig und mit brennenden Augen die Firma.

Im Supermarkt besorgte sie sich etwas Fleisch, Brot und Früchte für ihr Nachtessen. Sie kam aus dem Supermarkt heraus und stellte sich bei der Ampel hin. Sie stand auf Rot. Sie musste nur noch die verkehrsreiche Des Voeux Road überqueren, danach war es nicht mehr weit.

Zur selben Zeit war Arthur Whitewood zu Fuß in der Des Voeux Road unterwegs. Auch er musste die Straße überqueren und wartete bei der Ampel. Viele Leute standen ungeduldig am Straßenrand. Pamela stand in der ersten Reihe. Der unaufhörliche Verkehr brauste vorbei. Plötzlich wurde sie von hinten auf die Fahrbahn gestoßen. Sie hörte, wie die Leute hinter ihr schrien. Blitzschnell packte sie eine Hand am Arm und zerrte sie zurück. Völlig verwirrt stand sie wieder da und klammerte sich an ihre Handtasche und an die Einkaufstasche. Die Ampel wechselte auf Grün. Von der dichten Menschenmenge wurde sie fast überrannt. Völlig benommen erreichte sie die andere Straßenseite. Die vielen Leute waren verschwunden, nur ein Mann stand noch da und musterte sie mit prüfendem Blick.

Er zeigte auf eine Frau, die davonlief. Es hatte sich alles so schnell zugetragen, dass sie noch gar nicht verstand, was passiert war.

»Ist alles in Ordnung?«

»Ja, ja, es geht schon wieder«, antwortete sie schwach.

»Sie wurden auf die Fahrbahn gestoßen«, sagte der Mann.

»Wirklich? Ich hatte den Eindruck, die Ampel sei auf Grün gesprungen. Meine Konzentration muss versagt haben, nach diesem Tag.«

»Nein, Sie wurden von einer Frau auf die Straße gestoßen«, wiederholte er.

»Jemand zerrte mich zurück«, sagte sie. Sie schaute ihn an. »Sie haben mich gerettet!«

»Ich habe Sie zurückgezerrt. Sie wären von dem blauen Lieferwagen überfahren worden! Darf ich mich vorstellen, ich bin Arthur.«

Sie reichte ihm die Hand.

»Pamela, vielen Dank«, stammelte sie.

»Hier ist meine Telefonnummer, rufen Sie mich an, wenn es Ihnen wieder besser geht.«

Als sie wenige Minuten später in ihre Wohnung eintrat, ließ sie sich auf den ersten Sessel fallen. Ihr Kopf schmerzte, sie fühlte sich schwindlig. Die Einkäufe lagen verstreut auf dem Teppich.

Zwei Stunden später klingelte ihr Telefon.

»Harry! Ich bin so froh, dass du anrufst«, schrie sie hysterisch ins Telefon.

»Was ist los?«, fragte er erschrocken.

Sie erzählte ihm, was vorgefallen war.

»Warum sagst du nichts? Bist du noch dran?« Harry hatte es die Sprache verschlagen.

»Können wir uns morgen zum Nachtessen treffen? Ich kenne ein gutes Restaurant in einer Nebenstraße der Nathan Road. Es ist für Spezialitäten aus Singapur bekannt«, schlug er vor.

»Ja, aber wie war's bei Mildred?«

»Das erzähl ich dir morgen, also bis zwanzig Uhr vor dem Peninsula Hotel.«

Hastig legte er den Hörer auf. Was Pamela gerade geschildert hatte, bestätigte seine schlimmsten Befürchtungen. Der Brief war gezielt entwendet worden. Es war kein Zufall, dass jemand versucht hatte, einen Unfall vorzutäuschen.

Pamela ihrerseits grübelte weiter über den Vorfall in der Des Voeux Road nach. War sie absichtlich von hinten in den Verkehr gestoßen worden, wie dieser Arthur behauptete? Was war bei Mildred geschehen?

Sowohl Harry wie auch Pamela schliefen in dieser Nacht keine Minute.

Am nächsten Abend saßen Pamela und Harry im ersten Stock des Restaurants Singapore. Pamela trug ihre milchschokoladenfarbene Bluse und einen kurzen Rock in der gleichen Farbe, Harry ein hellblaues Polohemd und dunkelblaue Jeans. Obschon sportlich gekleidet, sahen beide blass und müde aus. Sie bestellten Grillspieße mit Hühnerfleisch und Reis. Pamela überschüttete ihn mit Fragen über Mildred. Erst gab er nur ausweichende Antworten, über ihr Haus, ihren Garten, das elegante Wohnzimmer.

»So, und jetzt erzähl endlich von deinem Besuch«, forderte sie ihn mit blitzenden Augen auf. »Irgendwas scheint vorgefallen zu sein.«

Er hatte keine Wahl, und so begann er von vorne, von seinem Aufenthalt in London zu berichten. Als er ständig von einem blonden Mann in Soho sprach, unterbrach sie ihn ungeduldig.

»Dieser Mann interessiert mich nicht im Geringsten, komm endlich zur Sache. Wie war der Sonntag bei Mildred?«

Gebannt starrte sie auf Harry, als er endlich von seinem Besuch zu erzählen begann.

»Alles ging gut, bis ich ihr den Brief aushändigen wollte«, sagte er gequält und machte eine Pause.

»Hast du ihn Mildred nicht gegeben?«, fragte sie ungläubig.

Seine Augen verrieten ihr den Rest.

Als Harry mit seiner Geschichte fertig war, starrte Pamela wortlos aus dem Fenster. Hatte er den Brief verloren? Das war unmöglich, auf Harry war Verlass. Was war geschehen? Wo war der Brief? Dass Mildred wegen des Umschlags eine Wut gehabt hatte, konnte sie gut verstehen. Es war also genau das eingetreten, was sie um jeden Preis verhindern wollte.

Unten auf der schmalen Straße waren einige Lieferwagen parkiert. Ein paar Leute liefen geschäftig herum. Plötzlich erblickte sie eine bekannte Gestalt. Der Mann schien auf jemanden zu warten. Blitzschnell drehte sie sich zu Harry um, der verzweifelt die Wand hinter ihr fixierte.

»Unten steht Gerald, ich geh schnell zu ihm!«

»Nein!«

Sie war schon fort.

»Ich hab dich schon lange nicht mehr gesehen, wie geht es dir?«, fragte Gerald und strahlte übers ganze Gesicht.

Ihr war damit ein Stein vom Herzen gefallen. Endlich war er wieder ihr guter alter Freund. Sie küsste ihn auf beide Wangen. In einem blau-weiß gestreiften Hemd, blauer Krawatte und blauen Hosen sah er bezaubernd aus, und dazu dieser umwerfende Duft, den sie so liebte.

»Du warst so abweisend zu mir in letzter Zeit, ich habe mir solche Sorgen gemacht«, sagte sie in vorwurfsvollem Ton. »Sehen wir uns mal in nächster Zeit?«

Gerald überlegte blitzschnell. Das war seine Chance.

»Ja klar, morgen hab ich eine Tennisstunde um fünf, danach nichts mehr. Ich ruf dich nach dem Tennis an. Jetzt habe ich noch einen Termin mit einem Kunden. Also bis bald«, verabschiedete er sich, als ein älterer Herr sich ihnen näherte.

Er musste sich etwas einfallen lassen.

Harry hatte die beiden nicht aus den Augen gelassen. Er atmete tief durch, als sie sich verabschiedeten. Strahlend erschien Pamela wieder am Tisch.

Harry versuchte ihr weiszumachen, dass Gerald hinter dem verlorenen Brief stecken könnte.

»Dummes Zeug, wie denn? Er hat sich so gefreut, mich zu sehen!«

»Aber bei Ann hat er gesehen, dass ich den Brief in der Hand hatte. Vielleicht konnte er sogar die Anschrift lesen.«

Sie musste zugeben, dass er recht hatte. *Gerald hat den Umschlag gesehen. Seine Gesichtszüge waren dabei völlig erstarrt*, erinnerte sie sich. *Aber er ist ja schon seit Wochen seltsam gewesen*, überlegte sie weiter. Für sie war klar, mit dem Umschlag hatte er nichts zu tun.

»Vielleicht besteht ja ein Zusammenhang zwischen dem Brief und deinem Vorfall von gestern«, versuchte Harry ihr vorsichtig auf die Sprünge zu helfen.

»Ich bin überzeugt, dass mich niemand mit Absicht in den Verkehr stoßen wollte«, erwiderte sie mit fester Stimme.

»Hast du diesen Arthur angerufen?«, fragte Harry nach einer Weile.

»Nein«, kam kurz und bündig zurück, aber sie strahlte dabei.

Sie wirkte wie ausgewechselt. Das Wiedersehen mit Gerald schien bei ihr alles andere gelöscht zu haben. Er gab es auf für heute.

Pamela hatte sich vorgenommen, in den nächsten Tagen Mildred anzurufen. Mit Harry mochte sie gar nicht mehr über diese Angelegenheit sprechen. Gut, dass sie ihm vorhin nicht erwähnt hatte, dass sie sich mit Gerald verabredet hatte.

Freudig bestellte sie sich einen Mango-Pudding, während Harry vor Verzweiflung immer blasser wurde.

Es war zehn Uhr abends, als sich Gerald von seinem Kunden verabschiedete. Er ging die kurze Strecke zum Peninsula Hotel zu Fuß. Im obersten Stockwerk in der Bar setzte er sich vor dem riesigen Fenster mit Blick auf die berühmte Skyline von Hongkong. Während er einen Singapore Sling schlürfte, überschlugen sich seine Gedanken in schwindelerregender Geschwindigkeit. *Pamela muss endgültig verschwinden. Schade*, sagte er sich, *sie schaut so verführerisch aus.* Egal, er musste es durchziehen. Sie hatte das Verbrechen im Brief beschrieben. Selber schuld. Er durfte jetzt nichts überstürzen. *Ich muss sorgfältiger und systematischer ran*, sagte er sich, während er begann, einen Plan aufzustellen.

Es wurde ein langer Abend mit weiteren Singapore Slings ...

13

Am nächsten Tag war Pamela noch im Büro beschäftigt, als ihr Handy klingelte.

»Gerald«, rief sie freudig aus, »wie war das Tennis?«

Gerald fühlte sich von ihrem Gefühlsausbruch völlig überrumpelt.

»Wir könnten uns heute Abend in einem kleinen Restaurant in der Hollywood Road treffen«, sagte er, ohne auf ihre Frage einzugehen.

Pamela wollte gleich begeistert zusagen, als sie realisierte, dass er sicher das Restaurant neben dem alten Tempel meinte. Es fror sie. Hollywood Road! Genau die Gegend, die sie in nächster Zeit unbedingt vermeiden wollte.

»Ich würde ein anderes Quartier vorziehen, beim Pier unten gibt's viele gute Fischlokale«, schlug sie diplomatisch vor.

Am anderen Ende war Pause. Er musste sie dort oben treffen. Sein Plan von letzter Nacht ging sonst nicht auf.

»Mein Vorschlag beim Tempel ist besser«,

sagte er in einem Ton, der keine Widerrede duldete.

»Nein, dann komme ich nicht«, stieß sie aus und unterbrach die Verbindung.

Das grüne Haus ist nicht weit weg. Was führt er im Schilde? Den ganzen Tag hatte sie sich auf den Abend mit ihm gefreut, aber jetzt! Hastig verstaute sie ihr Handy in ihrer Tasche und machte sich auf den Weg nach Hause. Dieses Mal achtete sie darauf, dass sie bei der Ampel in der hintersten Reihe stand. Nervös drehte sie sich immer wieder um.

Zu Hause angekommen, wusste sie, dass sie nicht die Gejagte sein wollte. Schließlich hatte sie kein Verbrechen begangen, nur dummerweise einem zugeschaut. Hatte er etwas damit zu tun? War er einer der beiden Männer gewesen? Bestand ein Zusammenhang zwischen dem verschwundenen Brief und dem Vorfall von vorgestern, wie Harry vermutete? *Ich werde Gerald ab jetzt beobachten.*

»Ich will wissen, was beim grünen Haus geschehen ist, und werde es auch herausbekommen«, sagte sie mit fester Stimme laut vor sich hin.

Dazu brauche ich Hilfe, überlegte sie weiter. *Ob Arthur bereit wäre, mir zu helfen?*

Sie griff kurzerhand zum Telefon und wählte seine Nummer. Das Gespräch dauerte etwa zwanzig Minuten. Die Strategie, die Arthur vorgeschlagen hatte, hatte sie überzeugt. Sie musste nun Gerald zu einem Treffen auffordern. Nach einem Glas Wein hatte sie sich eine Entschuldigung für ihr Verhalten ausgedacht.

Wie gut, dass ihn Pamela vorhin angerufen hatte!

Der Zufall wollte es, dass er, Arthur, neben der hübschen jungen Frau vor der Ampel stand, als sie von hinten auf die Fahrbahn gestoßen wurde. Instinktiv hatte er sie am Arm gepackt und zurückgezerrt. Ein Mordanschlag mitten in der Stadt, nicht zu fassen! Er war sehr besorgt um sie, obschon er ihr vor zwei Tagen zum ersten Mal begegnet war.

Pamela hatte ihm von dem Verbrechen in der Lok Ku Road erzählt und dass Gerald in den Vorfall an der Des Voeux Road verwickelt sein könnte. Sie musste ihn zur Rede stellen. Zusammen hatten sie einen Plan aufgestellt.

Arthur lebte seit acht Jahren in Hongkong. In Edinburgh, wo er herkam, hatte er seinen Traumberuf, Fotograf, verwirklicht und zehn Jahre für ein hochstehendes Magazin gearbeitet. Ein Zeitungsartikel über Hongkong hatte ihn so gefesselt, dass er beschloss, sich in Hongkong selbstständig zu machen. Seither lebte er hier und arbeitete für diverse Firmen. Er genoss seine Freiheit, beruflich wie privat.

Für Arthur war klar, er musste ihr helfen ...

Zur selben Zeit packte Roxanne ihre Tasche und verließ das grüne Haus. Sie hatte sich wie so oft in letzter Zeit mit Ted gestritten. Dabei war es nur um Wai Kei gegangen. Sie hatte ihn gefragt, warum sein Dossier aus den Personalunterlagen entfernt worden sei und ob er ihn etwa entlassen habe. Ted hatte sie angebrüllt wie noch nie zuvor.

Am liebsten hätte sie gleich gekündigt und alles hingeworfen. Sie hatte aber den Entschluss gefasst, Wai Kei und die Truhe zu finden. Bis dahin also keine Kündigung ...

14

Gerald war am Samstag frühmorgens von Pamela überrascht worden. Sie hatte ihn angerufen, um sich zu entschuldigen und um ein Treffen zu bitten. Er war immer noch wütend. Sein Problem hätte sich gestern erledigt. Zum zweiten Mal hatte es nicht geklappt. Der Verkehrsunfall und der verpasste Abend. Ein drittes Mal durfte es nicht schiefgehen.

»Hast du Lust, zum Stanley-Markt zu fahren?«, fragte sie ihn. »Morgen ist Sonntag.«

Der berühmte Stanley-Markt war jeweils nur sonntags geöffnet.

»Gute Idee«, erwiderte er mit verführerischer Stimme. Gleichzeitig runzelte er die Stirn. Er musste wieder mal schnell denken. *Stanley, das ist eine ganz neue Perspektive*, befand er, während er sich ein paar Notizen auf dem Blatt Papier auf seinem Schreibtisch machte. Darauf wäre er nie gekommen ...

Stanley war früher ein kleines Fischerdorf. Es liegt auf der Südseite der Insel Hongkong, etwas weiter als die Repulse Bay. Kurz vor

Stanley verläuft die Straße hoch über der Bucht des Dörfchens. Der Blick von dort oben ist atemberaubend, entsprechend sind auch die prachtvollen Villen zwischen den Palmen. Ein paar steile Kurven führen zur Hauptstraße hinunter, die direkt am Meer liegt. Dort befindet sich auch der große Busparkplatz. Malerische alte englische Pubs und Restaurants säumen die kurze Straße, an deren Ende sich der berühmte Stanley-Markt befindet. Unzählige Stände mit Stoffen, Bildern, chinesischen Stempeln, Schmuck, Kimonos und Kleidern sind in zahlreichen engen Längs- und Querreihen unter einem Dach angeordnet.

Sie vereinbarten den Treffpunkt um elf auf dem Busparkplatz.

An diesem Tag war Arthur mit seiner Sporttasche zum Tennisclub unterwegs. Es war elf Uhr. Wie immer hatte es viel Verkehr. Er stand im Stau, aber er wusste, dass bloß die Ampel weiter vorne daran schuld war. Dem Wetterbericht nach sollten in der Nacht Wolken aufziehen und es könnte regnen. Ein Blick zum Himmel verriet, dass die Wolken bereits im Anzug waren. Eine Viertelstunde später erreichte er den Eingang des Clubs. Arthur hatte sich schnell umgezogen und stand vor den acht Tennisplätzen. Sein Lehrer spielte mit einem jungen Knaben auf Platz fünf. In Gedanken versunken betrachtete er die Spieler.

Ein Mann mit kurzen schwarzen Haaren schlenderte die Tennisfelder entlang zum Parkplatz, als sein Handy klingelte. Wenige Minuten später hörte Arthur, wie dieser etwas ins Telefon schrie.

»Hast du einen Lieferwagen für unseren Ausflug organisiert?«, brüllte er weiter.

Arthur drehte sich um.

»Was, du kannst nicht kommen?«

Der junge Mann schien nun vollends außer sich zu sein. Nervös machte er drei Schritte nach vorn, drehte sich blitzschnell auf einem Fuß um, ging vier Schritte zurück und wieder drei vorwärts. Warum müssen Männer am Telefon ständig herumrennen, Frauen bleiben stehen und konzentrieren sich auf das Gespräch, dachte Arthur kopfschüttelnd beim Betrachten seines Artgenossen. Auf dem Spielfeld nebenan wurde es plötzlich laut. Die ältere der beiden Spielerinnen hatte das Match gewonnen. Die wenigen Zuschauer klatschten begeistert.

Arthur drehte sich nochmals nach dem Mann um, der das Mobiltelefon in seiner Hosentasche verstaute. Arthur hatte kein bestimmtes Merkmal an ihm feststellen können. Er sah aus wie Millionen von Männern hier. Er würde ihn sicher nicht wiedererkennen, außer an seiner Kleidung. Er trug ein fliederfarbenes Polohemd und helle Hosen.

Der Tennislehrer hatte Arthur schon von Weitem gesehen. Er verabschiedete seinen Schüler und ging auf Arthur zu. Zusammen schritten sie zum Platz. Die Sonne zeigte sich unterdessen wieder zaghaft zwischen den Wolken.

Nach einer erfrischenden Dusche zog sich Arthur eine Stunde später rasch an. Er stellte seine Sporttasche in ein Schließfach und ging zur Cafeteria hinüber. Er setzte sich an ein Tischchen und bestellte ein großes Glas Wasser und ein Fläschchen Bier.

»Ab wann ist der Lieferwagen verfügbar? Geht's nicht früher?«

Der gleiche Mann war wieder an seinem Handy.

»Gut, mein Mitarbeiter wird pünktlich da sein.«

Der Mann stand auf und begab sich zum Ausgang.

Seltsam, den Mann muss ich mir merken, man weiß ja nie. Die Frage ist nur wie, sagte sich Arthur und nahm einen Schluck des kühlen Getränkes, das die Serviertochter inzwischen gebracht hatte.

Gerald hatte jetzt schon mal den Lieferwagen für morgen organisiert. Der Firmenwagen kam dafür nicht infrage. Ted machte zwar noch Probleme, aber das würde er bis zum Abend in den Griff kriegen.

In dieser Nacht gegen zwei Uhr morgens drehte sich Roxanne immer noch von links nach rechts und von rechts nach links im Bett herum. Wie schon letzte Nacht war an Schlafen nicht zu denken. Die Situation in der Firma schien sich zuzuspitzen. Sie wusste nicht, was der Grund dafür war. Das Geschäft mit dem Import von chinesischen Baumwollkleidern, die weiter nach Europa und Amerika exportiert wurden, schien sehr gut zu laufen. Es lagen weder Lieferverzögerungen noch ausstehende Rechnungsbeträge vor. In Gedanken ging sie den gestrigen Tag zum hundertsten Mal durch.

Ted war schon an seinem Schreibtisch gesessen, als sie kam. Er kam sonst immer erst Mitte Vormittag. Eine Stunde später war er weggegangen. Sie hatte ihn noch gefragt, wann er wieder zurückkäme. Ohne zu antworten war er die Treppe hinuntergestürmt und hatte die Tür hinter sich zugeknallt.

Keine Viertelstunde später hatte das Telefon in seinem Büro geklingelt. Pflichtbewusst hatte sie den Anruf entgegengenommen, um mitzuteilen, dass ihr Vorgesetzter sich so bald wie möglich melden würde. Inspektor Chan hatte angerufen. Sie hatte Ted eine Notiz mit der Bitte um Rückruf und der Telefonnummer des Inspektors auf seinem Schreibtisch hinterlassen. Etwas später kam ein weiterer Anruf. Wieder eilte Roxanne über den Gang in Teds Büro. Dieses Mal war es ein Herr Peter Ko, der Ted in einer dringenden Angelegenheit suchte.

»Er ist zurzeit abwesend. Ich werde ihm ausrichten, dass er Sie umgehend zurückruft, wenn er kommt.«

»Was ist denn das für ein Betrieb!«, hatte er sie angefaucht. »Es ist Ihre Pflicht, über seinen Terminkalender informiert zu sein!«

Als Ted nach der Mittagspause wieder erschienen war, war alles noch schlimmer geworden. Er hatte ihr befohlen, den Raum im Erdgeschoss aufzuräumen. Dieses Mal hatte sie zurückgeschrien, sie hätte Besseres zu tun hier oben. Wortlos war er mit langsamen Schritten auf ihr Pult zugegangen. Sie hatte noch nie eine solche Angst vor ihm verspürt. Wieder drehte sie sich schweißgebadet im Bett herum. Sie war schweigend aufgestanden, zitternd an ihm vorbei die Treppe hinuntergestiegen. Er war in sein Büro zurückgekehrt und hatte, wie immer in letzter Zeit, die Tür hinter sich zugeknallt. Schnell war sie die Treppe wieder hochgestiegen und hatte an seiner Tür gelauscht. Sie hatte die Stimme von Ted gehört. Die leisen Worte hatte sie nicht verstehen können, aber plötzlich war es sehr laut geworden. Sicherheitshalber war sie die Treppe so weit hinuntergestiegen, bis sie die Worte noch erkennen konnte.

»Der Fahrer war nicht zuverlässig, deshalb

habe ich ihn entlassen«, hörte sie seine aufge-
brachte Stimme.

»Er wird seinen Wohnsitz geändert haben,
was weiß ich, ich habe anderes zu tun, als den
früheren Mitarbeitern nachzuspionieren«,
hatte sie weiter gehört.

Er hatte offensichtlich Inspektor Chan zu-
rückgerufen. Der Inspektor war vor einiger
Zeit gekommen, als Ted an einer Konferenz
teilnahm. Er hatte ihr seltsame Fragen gestellt. Ob der Fahrer wirklich entlassen worden sei, ob sie noch Kontakt zu ihm habe, wo
er wohne. Dann hatte er von einem Wagen
mit den Buchstaben BC und der Zahl 4 gesprochen. Weiter wollte er wissen, ob sie oder
ihr Vorgesetzter Golf spielten, was sie mit gutem Gewissen verneinen konnte.

»Ja, der Fahrer wurde entlassen, aber ich
kannte ihn eigentlich gar nicht«, hatte sie ihm
mitgeteilt. Sie wollte damals nicht preisgeben,
dass vieles undurchsichtig und geheimnisvoll
war. In der Firma gab es keine Firmenwagen,
hatte sie ihm auf seine weitere Frage geantwortet. Der Wagen habe wohl dem Fahrer
gehört.

Während sie diesen Gedanken nachgegangen war auf der Treppe, hatte Ted bereits einen neuen Gesprächspartner am Telefon gehabt. Ich muss mich besser konzentrieren, hatte sie sich gerügt und hatte wieder an seiner Tür gelauscht. Dieses Mal schien er mit Gerald zu sprechen. Auch dieses Gespräch war nach kurzer Zeit in solcher Lautstärke ausgeartet, dass sie getrost wieder hinuntersteigen konnte.

»Ich muss den Lieferwagen abholen, warum nicht du?«

»Morgen soll ich damit nach Stanley fahren?«

»Um elf!«

Ted schien einem Herzinfarkt nahe zu sein. Mit dem Besen hatte sie begonnen, den Boden zu wischen. Sie hatte genug gehört. Fehlte nur noch der Rückruf an diesen Herrn Ko, war ihr noch geistesgegenwärtig durch den Kopf gegangen.

Mit einem Ruck richtete sich Roxanne im Bett auf.

Ich werde morgen ebenfalls nach Stanley fahren, beschloss sie. *Vielleicht werden sich die beiden mit dem offensichtlich verschwundenen Wai Kei treffen. Dann habe ich wenigstens die Gewissheit, dass es ihm gut geht – oder auch nicht*, dachte sie grimmig.

Um elf, hatte er gesagt.

15

Am Sonntagmorgen machte sich Pamela mit einer großen Tasche auf den Weg zur Busstation. Sie trug hellgelbe bequeme Leinenhosen, ein weißes T-Shirt und flache Sportschuhe. Sie war nervös. Arthur hatte sie nochmals angerufen.

»Alles wird gut gehen. Ich bin gespannt, wie Gerald reagiert. Mach dir keine Sorgen! Heute Abend wissen wir mehr!«

Gerald hoffte, dass Ted pünktlich sein würde. Zur Sicherheit hatte er ihn frühmorgens in sein Büro in Kowloon bestellt. Um neun Uhr hörte Gerald, wie unten ein Wagen angefahren kam und parkte. Es war ein großer knallgrüner Lieferwagen. *Das kann nicht Ted sein*, dachte er, während er weiter aus dem Fenster im ersten Stock blickte. Er wurde blass. *Es darf nicht wahr sein! Ted!*

»Wo ist der bestellte weiße Lieferwagen?«, fauchte er Ted auf dem Flur an.

»Der war schon weg! Er wurde fälschlicherweise einem anderen Kunden ausgeliefert, übrig blieb nur dieser hier. Der ist doch ganz bequem für die Strecke nach Stanley. Die Fahrt dauert doch immerhin eine Dreiviertelstunde. Wir parken in einer Ecke des großen Busparkplatzes. Das ist doch kein Problem, im Gegenteil, du kannst ruhig schön einkaufen, wir haben Platz!«

Gerald schäumte. Erst fand er gar keine Worte. Wie soll das jetzt gehen?

»Wie willst du damit einen vermeintlichen Verkehrsunfall verursachen und verschwinden, ohne dass man dich wiedererkennt?«

Jetzt wurde es Ted angst und bange.

»Ein Unfall? Ich will den Tag am Meer genießen, die Manöver der Windsurfer und Segelschiffe studieren und später eine Runde im Markt drehen.«

Gerald hatte ihn nicht in sein Vorhaben eingeweiht.

»Du wirst genau das tun, was ich dir sage«, drohte er Ted. »Du holst jetzt auf der Stelle den bestellten Lieferwagen! Am besten komme ich gleich mit!«

Unterdessen hatte sich auch Roxanne auf den Weg in die Bucht von Stanley gemacht. Endlich konnte sie wieder einmal ihren kleinen Fiat ausfahren. Seit Monaten stand er in der Einstellhalle bei ihrer Wohnung. Die widerlichen Zustände in der Firma hatten ihr jegliche Lust und Kraft auf Ausflüge geraubt. Sie war früh losgefahren, um das Treffen der beiden Männer nicht zu verpassen. Sie kannte nur die Zeit, nicht den Treffpunkt, den sie vereinbart hatten. Endlich würde sie Gerald zu Gesicht bekommen, fiel ihr erst jetzt ein. Es war halb elf, als sie Stanley erreichte. In einer Querstraße zum Busparkplatz fand sie einen Parkplatz.

Um Viertel vor elf traf der Bus von Hongkong in Stanley ein. Pamela saß in der hintersten Reihe. Bis auf den letzten Platz war er mit Touristen besetzt. Mit Kameras bewaffnet stiegen sie aus und begaben sich schnurstracks zum Markt. Pamela stieg als Letzte aus und schaute sich erstmals um, bevor sie langsam über den Platz schlenderte. Außer einigen Cars und einem großen hellgrünen Lieferwagen war der Platz leer. Sitzbänke gab es nicht, aber der grüne Wagen stand neben einer kleinen Steinmauer. Sie begab sich dorthin und setzte sich darauf. Die Minuten kamen ihr endlos vor. Nichts rührte sich. Es war heiß. *Kommt er etwa nicht?* Rund zehn Minuten später hörte sie Stimmen in ihrem Rücken. Sie drehte sich um. Zwischen den Bäumen tauchten zwei Männer auf. Sie sprachen kantonesisch. Sie schritten quer über den Platz in Richtung Hauptstraße. Sie entspannte sich wieder. Es war elf Uhr. Ein Bus war soeben auf den Platz eingebogen. Wieder kam eine Schar Touristen an. Gerald schien nicht darunter zu sein. Wieder ging das Warten los. Etwas hatte sich im grünen Wagen bewegt. Sie stand auf und näherte sich ihm vorsichtig. Vorne im Wagen war niemand zu sehen, auch kein Kind. Achselzuckend schritt sie weiter den Platz entlang, um ihre angespannten, steifen Beine zu lockern.

Gerald war verzweifelt. Er suchte weiter nach einer Lösung für sein Problem. Zu allem Übel hin hatte sich Pamela auf die Mauer genau neben dem Wagen gesetzt. Er hatte sie aus dem Bus steigen sehen. Mit Schaudern sah er, wie sie plötzlich zum Lieferwagen hinging und hineinspähte. Ted war hinter den

Sitzen am Boden versteckt und sollte auf ein Zeichen von Gerald warten. Es war elf und er hatte noch keine Ahnung, wie er seinen Plan mit diesem Gefährt durchführen sollte, während sie greifbar und allein in der Nähe war, seine Beute. So kurzfristig hatte sich kein anderer Wagen auftreiben lassen. Es war Zeit, er musste zu ihr hin, aber Ted? In dem Moment, als er auf den Platz schritt und auf Pamela zuging, kam wieder ein Bus angefahren und parkte vor Pamela. Pamela starrte auf die Leute, die ausstiegen. Eine riesige Erleichterung überfiel sie, als sie ihn aussteigen sah, Arthur. Mit seinen kurz geschorenen braunen Haaren, dem hellgelben Polohemd und den blauen Jeans unterschied er sich nicht von den zahlreichen Touristen. Jetzt war Gerald hinter dem Bus aufgetaucht. Sie begrüßten sich scheinbar herzlich.

»Gehen wir etwas trinken, es ist so schwül und heiß«, sagte Pamela und zerrte ihn am Arm. »Das Pub mit der schönen schwarzen Fassade ist nicht weit. The Pickled Pelican heißt es.«

Gerald hatte keine Wahl, er musste Ted in der Hitze zurücklassen.

Pamela war im Pub gleich zum ersten Tischchen neben der Eingangstür gestürmt.

»Die Hitze«, gab sie als Grund für ihr ungestümes Verhalten an, während sie sich scheinbar erschöpft auf den Stuhl fallen ließ. Ihre Tasche aus sandfarbenem Segeltuch hatte sie fest zwischen ihre Beine geklemmt. Sie plapperte gleich drauflos, erst über das Wetter, die Arbeit und schließlich über London.

»Wie kommst du auf London?«, fragte er sichtlich nervös.

»Ein guter Kollege war kürzlich dort und hat von Soho geschwärmt«, erklärte sie ihm. »Ich würde auch gerne wieder einmal hin, aber nur für ein paar Tage. Es soll so viel gestohlen werden. Ich bin lieber in Hongkong«, fügte sie schnell an, als sie seinen bösen Blick sah.

Er sagte nichts. Eine Serviertochter brachte ihnen die bestellten Getränke, Wasser für Pamela und ein Bitter Lemon für Gerald.

»Du hast sicher ein paar Freunde in London?«

»Ich kenne niemanden in London«, gab er mürrisch von sich und nippte an seinem Glas.

»Sag mal, weißt du eigentlich, wer in dem

grünen Haus an der Lok Ku Road wohnt?«, wechselte sie das Thema.

»Was soll das? Warum sollte ich?«

»Ich dachte nur, ich hätte eine Frau mit langen schwarzen Haaren dort gesehen«, antwortete sie mit naiv klingender Stimme. »Es hätte eine Engländerin sein können. So schöne Haare«, schwärmte sie ihm vor.

»Was soll diese ganze Fragerei?«

»Ich bin sicher, du kennst die Frau!«

»Jetzt reicht's!«, schnaubte er.

Sie hatte ihr Ziel erreicht. Sie packte ihre Tasche und rannte hinaus Richtung Markt.

Roxanne hatte zuerst die Hauptstraße in Augenschein genommen. Danach war sie zum Markteingang gegangen und hatte dort gewartet. Von der Hitze fast erschlagen, hatte sie sich schließlich eine kleine Flasche Mineralwasser gekauft und sich an das Tischchen vor dem Kiosk gesetzt. Der Eingang des überdachten Marktes befand sich zwei Läden weiter vorne. *Hier habe ich den Überblick über die Leute, die hineingehen, und die, die herauskommen*, sagte sie sich. Elf Uhr war schon längst vorbei. Weiterhin fehlte jede Spur der Männer. Eine halbe Stunde später stand sie auf und begab sich langsam zum Markteingang. Ein Stand mit Taschen in allen Ausführungen befand sich dort. Während sie sich für eine weinrote Handtasche interessierte, hörte sie plötzlich einen Schrei. Er kam aus dem Markt. Wie eine Katze war Roxanne mit ein paar Sprüngen zur Stelle. Einige Touristen waren schon da und hielten einen Mann fest. Ein zweiter Mann rannte hinter ihm her. Er trug schwarze Hosen, ein weißes Hemd und ein schwarzes Gilet mit der Aufschrift »The Pickled Pelican«.

Dem Geschrei nach hatte der Gast seine Rechnung im Pub nicht bezahlt. Als wenige Minuten später drei Polizisten zur Stelle waren, entfernte sich Roxanne. Sie musste ihre beiden Männer ausfindig machen. In dem Moment hörte sie im Tumult eine bekannte Stimme. Sie drehte sich um. Der Festgenommene hatte gesprochen. Die Stimme von Gerald! Sie bahnte sich ihren Weg zurück durch die Menschenmenge. Sie konnte ihn nur noch von hinten zwischen zwei Polizisten sehen. *Wo zum Teufel steckt denn Ted?*, ging es ihr reflexartig durch den Kopf. *Der Pickled Pelican ist keine schlechte Idee*, dachte sie, *um meinen Durst zu löschen*. Sie konnte es nicht fassen – Gerald verhaftet!

Pamela war durch den hinteren Eingang in den Markt gestürmt. Es hatte funktioniert! Er hatte nicht bezahlt! Sie hatte gehört, wie jemand hinter ihr herrannte. Sie hatte sich kurz umgedreht, Gerald. Wie vereinbart war sie im Markt zum Stand »Cham's Artware Factory« gerannt. Arthur hatte ihr den Stand mit den kleinen Statuen aus Holz genau beschrieben. Gleich links daneben befand sich ein schmaler dunkler Gang der direkt zum hinteren Ausgang führte. Dort wartete Arthur auf sie. Außer Atem warf sie sich in seine Arme und klammerte sich fest.

»Du hattest recht«, stieß sie heraus. »Hättest ihn sehen sollen, als ich Soho erwähnt habe, und dass viel gestohlen wird! Bei der Frau mit den schwarzen Haaren war er vollends außer sich gewesen! Er kennt sie!«

»Übrigens«, sagte Arthur, »dieser Mann war gestern im Tennisclub. An seinem Handy hat er von einem Lieferwagen gesprochen, den sein Mitarbeiter pünktlich abholen würde.«

»Bist du sicher?«

»Ich habe ihn an seiner Stimme wiedererkannt«, antwortete er.

Für Arthur und Pamela war klar, Gerald war nicht unschuldig, auch wenn sie keine handfesten Beweise hatten.

»Jetzt wissen wir mehr«, wiederholte Pamela den Satz von Arthur von heute Morgen und atmete tief durch.

Sie nahmen den hinteren Ausgang aus dem Markt und flanierten die Bucht entlang bis zur Hauptstraße und weiter zur Busstation.

Roxanne machte sich wenig später zu ihrem Wagen auf. In Gedanken war sie noch immer bei der Verhaftung dieses Mannes. Sie war sich sicher, dass es Geralds Stimme gewesen war. Sie war sich aber viel weniger sicher, ob sie ihn wiedererkennen würde. Sein Gesicht hatte sie nur kurz von der Seite gesehen. Sie hatte unterdessen den Busparkplatz erreicht. »Jetzt noch die Querstraße, dann hab ich's geschafft«, sagte sie stöhnend in der unsäglichen Hitze. In diesem Augenblick blieb sie wie vom Blitz getroffen stehen. Ted! Ted stieg mit hundert Touristen in einen Bus ein. War

er nicht mit dem bestellten Lieferwagen gefahren? Achselzuckend begab sie sich zu ihrem kleinen Fiat.

Nochmals eine halbe Stunde später hatte
auch Gerald den Platz erreicht. Er atmete auf,
als er den Lieferwagen sah. Er rannte über
den Platz auf ihn zu. Niemand da. Er klopfte
an alle Scheiben, niemand da. Er fluchte. Ted
hatte die Schlüssel zum Wagen. Er setzte sich
auf die Steinmauer und wartete.

Sein Leben war völlig aus den Fugen geraten. Der Vorfall mit Wai Kei, der Brief von
Pamela und jetzt ihre Behauptung, er kenne
Roxanne. Woher wusste sie das? Hinzu kam
die lächerliche Verhaftung, die er Pamela zu
verdanken hatte. Das war das Letzte, was er
brauchen konnte, die Aufmerksamkeit der
Polizei auf sich zu ziehen. Ted hatte schon
genug am Hals mit diesem Inspektor. Kann
es noch schlimmer kommen?

Es kam noch schlimmer.

16

An diesem Sonntag, als Pamela und Arthur in Stanley waren, strahlte die Sonne in Livinfield. Es war Sonntag. Mildred beschloss, einen Spaziergang in ihrem Garten zu unternehmen. Frische Luft würde ihr guttun. Sie fühlte sich noch immer matt und müde nach ihrer Erkältung. Die letzten Nächte hatten sicher nicht zu ihrer Besserung beigetragen. Seit ihrem Geburtstag vor neun Tagen plagte sie ein ungutes Gefühl. Der kurze Bericht über den ermordeten Mann hier im Dorf ließ sie nicht mehr los. Die Befragungen aller Bewohner schienen nichts Neues gebracht zu haben. Die Identität des Mannes mit asiatischen Gesichtszügen war weiterhin unbekannt, da außer einer Brieftasche keine Ausweise gefunden worden waren. Auch Mildred hatte nichts zu dem Fall beitragen können. Dem jungen Inspektor hatte sie geschildert, wie sie ihren Geburtstag mit ihren Gästen gefeiert hatte. Sie erwähnte auch, dass sie sich eingebildet hatte, dass es zu später Stunde geklingelt habe. Der herbeigerufene Butler hatte der Polizei bestätigt, dass niemand geklingelt hatte.

Was sie weiter beschäftigte, war der Brief von Pamela. Warum sollte jemand absichtlich einen Brief stehlen? Meistens wurden belanglose Ereignisse des Familienlebens, die Entwicklung der Kinder oder Urlaubserlebnisse beschrieben. Sie erinnerte sich, wie sie vor Jahren einer Freundin einen zehnseitigen Bericht über eine Safarireise geschickt hatte. Auf die freudige Reaktion ihrer Freundin wartete Mildred heute noch. Seither schrieb sie ihr nur noch in drei Sätzen, dass es ihr gut gehe. Bei diesem Brief war die Situation allerdings ganz anders. Es handelte sich um die Beschreibung eines Mordes. Er war an sie adressiert. Entweder hatte ihn Harry verloren, oder er war gestohlen worden. Das würde heißen, dass jemand gewusst hatte, dass Harry den Brief bei sich hatte und dass er brisante Informationen enthalten konnte. War der Mörder von Hongkong inzwischen gefasst? Sie musste ihre Gedanken ordnen. Sie kehrte ins Wohnzimmer zurück, als das Telefon klingelte. Es war früher Nachmittag.

»Pamela! Was für ein Zufall, ich wollte dich heute auch anrufen. Wie geht es dir?«

»Am Mittwoch bin ich knapp einem Unfall entkommen«, antwortete Pamela mit erregter Stimme.

Sie schilderte, wie sie auf die Straße gestoßen worden war. Den heutigen Ausflug nach Stanley verschwieg sie. Sie wollte Mildred nicht weiter erschrecken.

»Bist du sicher, dass es Absicht war?«

Mildred spürte, dass Pamela Angst hatte. Vielleicht war die Person hinter ihr ausgerutscht und hatte Pamela dadurch nach vorne geschoben. Arthur hätte demnach nur die Folgen eines Missgeschicks beobachtet, nicht die eigentliche Ursache, versuchte Mildred Pamela zu beruhigen.

»Daran habe ich nicht gedacht! Ja, das muss so gewesen sein«, erwiderte Pamela. »Ich werde das Gefühl nicht los, dass sich die nächste Katastrophe anbahnt«, sprach sie weiter.

»Entspann dich und denk nicht gleich an das Schlimmste. Ruh dich ein paar Tage an einem schönen Strand aus, es gibt so viele Inseln um Hongkong herum. Vergiss nicht, dass du im Paradies wohnst im Vergleich zu England, wo bekanntlich nicht jeden Tag die Sonne scheint.«

»Vielen Dank, Mildred! Ich bin froh dass ich mit dir sprechen konnte. Es geht mir jetzt besser. Ich ruf dich wieder an. Pass auf dich auf!«

»Übrigens, wurde der Mörder gefasst?«

»Die Zeitungen haben nichts darüber berichtet. Dass aber bei euch ein Mann aus Hongkong erschossen aufgefunden wurde, habe ich hingegen gelesen.«

»Was sagst du, ein Mann aus Hongkong?«

»Heute früh stand es in der Zeitung, seine Identität sei aber noch nicht restlos geklärt.«

»Diese Welt ist wahrhaftig nicht mehr meine Welt«, seufzte Mildred und schüttelte den Kopf.

Nach diesem Gespräch lehnte sich Mildred nachdenklich in ihren Sessel zurück und schloss die Augen.

Nicht zwei, sondern vier unerklärliche Fälle in so kurzer Zeit, überlegte sie. *Der Mord in Hongkong, der verschwundene Brief, der vermeintliche Mordversuch an Pamela und der Mord in Livinfield ...* Gut hatte sie Pamela beruhigen können, sie selber fühlte sich elend. *Der Tote, aus Hongkong soll er sein, merkwürdig! Was will der hier? Ich muss mich entspannen, sonst melden sich die stechenden Kopfschmerzen zurück*, sagte sie sich. In diesem Moment klingelte es an der Haustür. Kathleen eilte zur Tür.

»Guten Morgen, Inspektor Gray«, stellte sich der junge Mann in Uniform vor. »Kann ich bitte Frau Brass sprechen?«

Kathleen ließ ihn kurz im Flur warten und eilte zu Mildred ins Wohnzimmer.

»Führen Sie ihn herein, obschon es Sonntag ist«, antwortete sie Kathleen, »und servieren Sie uns einen erfrischenden Pfefferminztee.«

Mildred hatte so laut gesprochen, dass Inspektor Gray es hören musste. Grimmig zog er die Augenbrauen zusammen.

Nachdem sie nochmals Schritt für Schritt die Ereignisse des besagten Freitagabends geschildert hatte, fragte er sie, ob sie eine Waffe besitze. Mildred, die damit beschäftigt war, den Zucker in ihren Tee zu schütten, hatte den Löffel fallen lassen. Mit erstaunlicher Geschicklichkeit hatte ihn der Jüngling auf halbem Weg zum Teppich wieder aufgefangen und ihn Mildred überreicht. Hätte seine Frage sie nicht aus dem Konzept gebracht, hätte sie laut gelacht. Sein Gesicht verriet ihr aber nichts Gutes. *Es muss seine erste Stelle sein*, überlegte sie beim Betrachten seiner forschen Miene. *Er wirkt ausgetrocknet und fantasielos*, beschloss sie, *eigentlich erstaunlich für einen Jungen von etwa dreißig Jahren.*

»Natürlich habe ich eine Waffe«, entgegnete sie ihm mit einem Lächeln. »In der heutigen Zeit treiben sich allerlei Leute in Parks und den umliegenden Wäldern herum. Mein Mann hat immer gesagt, ohne Waffe kein Haus!«

Mit regungslosem Gesicht zückte er einen Kugelschreiber und einen Block aus seiner Mappe und schrieb kurz eine Notiz.

»Wo bewahren Sie sie auf? Ich will sie sehen.«

»Die Pistole liegt immer in meinem Sekretär, in der obersten mittleren Schublade«, sagte sie, während sie beide zu dem hübschen kleinen Möbel schritten.

»Fassen Sie sie nicht an«, schrie der Jüngling, »es sind sicher Fingerabdrücke vorhanden!«

Er fasste die Waffe mit Gummihandschuhen an, untersuchte sie von allen Seiten und ließ sie in eine mitgebrachte Plastiktüte gleiten.

»Lassen Sie sie da!«

Mildred missfiel sein ungehobeltes Benehmen.

»Ich muss sie mitnehmen«, kam die Antwort in schneidendem Ton.

»Meine Fingerabdrücke sind sicher vorhanden, wenn sie auch schon ein paar Jahre alt sind.«

»Dann haben Sie eben Pech gehabt«, stieß er hervor, mit Betonung auf »Sie«.

Mildred traute ihren Ohren nicht.

»Dann heißt das wohl, dass ich diesen unbekannten Mann während meiner Geburtstagsfeier erschossen habe? Und das etwa hundert Meter von hier entfernt, während meine Gäste hier waren«, sagte sie theatralisch mit zum Himmel ausgestreckten Armen. »Schön wär's, wenn ich noch so fit wäre«, murmelte sie kopfschüttelnd vor sich hin.

Die Situation war bühnenreif. *Dieser Mann ist eine einzige Provokation*, fauchte sie in sich hinein, während ihr stechender Blick ihn durchlöcherte. Er hatte wahrscheinlich damit gerechnet, dass sie völlig niedergeschlagen in ihren Sessel zurückfallen und ihm schwören würde, dass sie nicht die Mörderin war.

Weit gefehlt! Er war derjenige, der auf seinem Stuhl immer kleiner wurde.

»Ich warte immer noch auf Ihre Erklärung«, sagte sie mit leiser Stimme.

Der Mann schwieg.

»So, und jetzt verschwinden Sie, ich hab noch anderes zu tun!«, schrie sie ihn so plötzlich an, dass er zusammenzuckte. »Ich werde Superintendent Barber kontaktieren«, sagte sie, während sie den Jüngling keines Blickes mehr würdigte.

Geknickt schritt er hinter Kathleen zur Tür.

»Das ist ja wohl die Höhe!«, schnaubte sie, während sie zum Telefon lief und die Nummer von Superintendent Barber aus ihrem Verzeichnis heraussuchte.

Inspektor Gray schritt danach die Straße hinunter zu Amanda, wo der erschossene Mann gefunden worden war. Nachdem er an der Tür geklingelt hatte, öffnete sie ihm. Sie trug Jeans und eine weiße Bluse. In der Hand hielt sie eine Gartenschere.

»Sie wieder«, stieß sie hervor, bevor sie ihn begrüßt hatte.

»Inspektor Gray«, stellte er sich ordnungsgemäß vor.

»Das sehe ich! Haben Sie Neuigkeiten über den bedauerlichen Todesfall?«

»Ich habe noch ein paar Fragen«, antwortete er trocken und ignorierte ihre Frage.

Sie ließ ihn herein und führte ihn auf die Terrasse zum Sitzplatz über dem Garten.

»Haben Sie eine Waffe?«

»Das haben Sie mich schon letzte Woche gefragt. Sie kennen die Antwort. Ich besitze keine Waffe, um es nochmals klarzustellen.«

»Ihr Mann auch nicht?«

Er beobachtete sie dabei mit durchdringendem Blick.

»Auch das habe ich schon beantwortet, mein Mann auch nicht! Am besten, Sie lesen das Protokoll nochmals sorgfältig durch«, wies sie ihn zurecht.

Sie stand auf, um ihm zu verstehen zu geben, dass das Gespräch für sie beendet war. Sie wollte ihn von der Terrasse direkt durch den Garten zur Straße hinunter begleiten.

»Ich will zurück in den Flur und von der Haustür aus nochmals einen Blick zur Hecke werfen«, sagte er, während er schon in Richtung Wohnzimmer unterwegs war. »Wollte der Mann zu Ihnen? Haben Sie ihn oder jemand anders in der besagten Nacht erwartet?«, fragte er und drehte sich dabei nach ihr um.

Ungeduldig wiederholte Amanda, dass sie niemanden erwartet habe und den Mann nicht kenne. Sie hatten den Flur erreicht. Während Amanda die Eingangstür öffnete, hörte sie »Oh!«.

Sie drehte sich um. Der Mann stand mit gesenktem Kopf vor der kleinen Kommode. Sie spürte, wie sie bleich wurde. Er starrte auf den Papierfetzen.

»Lok Ku Road«, las er laut vor. »Wo ist die Lok Ku Road?«, fragte er sie scharf.

»Das habe ich einmal in einem Film gehört«, entgegnete sie.

»Seltsam!«, hörte sie ihn flüstern, während er nun die Distanz von der Haustür zur Hecke zu schätzen versuchte. Endlich verabschiedete er sich.

Amanda war wütend. Warum war dieser arrogante Typ ohne Vorankündigung aufgekreuzt? Noch dazu an einem Sonntag! Sie hatte sich vorgenommen, Mildred nochmals anzurufen. Den Zettel hatte sie auf die Kommode gelegt, um ihn nicht zu vergessen, falls sie sie heute noch besuchen könnte. Sie war völlig überrumpelt worden. Er hatte ihr kein Wort geglaubt. Sie musste mit Mildred sprechen. Nora, die Buchhändlerin, hatte ihr auch dazu geraten. Nora war die einzige Person, mit der sie über diesen Zettel gesprochen hatte. Mit der Gartenschere in der Hand wählte sie Mildreds Nummer.

Die Informationen von Pamela und der arrogante junge Inspektor hatten Mildred den Rest gegeben. Sie legte sich auf die bequeme Couch im kleinen Wohnzimmer. Superintendent Barber hatte ihr versprochen, heute gegen siebzehn Uhr vorbeizukommen. Sie begann, die ihr bekannten Fakten zu notieren und eine Liste mit Fragen aufzustellen. Sie war so tief mit ihren Gedanken beschäftigt, dass sie erschrak, als das Telefon klingelte. Mühsam richtete sie sich auf und griff zum Hörer des Telefons, das auf dem kleinen Tisch neben der Couch stand.

Es war Amanda. Mildred beendete das kurze Gespräch mit dem Satz: »Also kommen

Sie jetzt gleich vorbei, denn ich habe später noch einen Termin.«

Amanda schien derart in Panik zu sein, dass Mildred es nicht gewagt hatte, sie auf einen anderen Tag zu vertrösten. Während Mildred stöhnte, machte sich Amanda erleichtert auf den Weg zu ihr.

Zehn Minuten später saß Amanda bei Mildred im Wohnzimmer. Sie war blass und zitterte. Wirr erzählte sie Mildred, dass Inspektor Gray einen Zettel bei ihr gesehen habe, dass sie als Verdächtige gelte, obschon sie nichts getan habe. Mildred musterte sie erstaunt und schockiert zugleich. Sie legte eine Hand auf ihren Arm.

»Beruhigen Sie sich erst mal! Kathleen«, rief sie nach ihrer Angestellten.

»Kathleen, machen Sie uns doch einen starken Schwarztee«, bat sie sie, als sie wenige Minuten später ins Wohnzimmer eintrat.

»Und nun beginnen Sie von vorne«, sagte sie und wandte sich Amanda zu. »Es handelt sich um den Mann, der hier tot aufgefunden worden ist, wenn ich richtig verstehe?«

Amanda beruhigte sich. Sie erzählte, was sich in der Nacht, als sie den Mann entdeckte, abgespielt hatte. Kathleen hatte inzwischen das Silbertablett mit der Teekanne und zwei Tassen auf den Spiegeltisch vor ihnen gestellt. Als Amanda die Worte »Bright« und »Hongkong« erwähnte, die der Mann vor seinem Tod geflüstert hatte, beugte sich Mildred zu ihr hin.

»Sind Sie ganz sicher, dass er das gesagt hat?«

»Ich habe es so verstanden.«

»Haben Sie das der Polizei mitgeteilt?«

»Ja!«

Amanda erzählte nun von dem Auftritt von Inspektor Gray und wie er den Fetzen Papier gesehen hatte.

»Welchen Fetzen Papier?«

Mühsam kramte sie das Papier aus ihrer engen Jeanshosentasche hervor.

»Den hier! Er lag im Garten bei dem Mann.«

Sie schilderte, wie sie ihn gefunden hatte.

»Lok Ku Road«, las Mildred, die bleich wurde. »Wissen Sie, wo die Straße sein könnte?«

»Ich habe mir einen Reiseführer von Hongkong besorgt. Dieser Straßenname kommt dort vor.«

»Vielleicht gibt's noch weitere Lok Ku Roads in Asien«, gab Mildred zu bedenken.

»Da der Mann den Namen Hongkong erwähnt hatte, bin ich davon ausgegangen, dass die Straße in Hongkong sein muss. Ist sie ja auch«, entgegnete Amanda nicht ohne Stolz.

»Verstehen Sie jetzt, dass ich Angst habe?! Unterschlagung eines Dokuments in einem Mordfall! Aber ich habe den Mann noch nie gesehen, geschweige denn getötet«, sagte Amanda. »Wie beweise ich das nur? Jetzt ist alles noch schlimmer!«

»Geben Sie mir den Zettel, bei mir ist er gut aufgehoben! Zum Glück haben Sie ihn nicht aus der Hand gegeben«, sagte Mildred forsch und streckte ihre Hand nach dem Zettel aus.

Aufgrund der Reaktion von Amanda bereute Mildred ihren scharfen Ton.

Das hätte ja noch gefehlt, sagte sich Amanda empört, wobei sie sich an den Zettel festklammerte. *Den kriegt niemand, auch sie nicht!*

Mildred hielt ihr immer noch die ausgestreckte Hand hin.

»Verbrennen wir ihn doch«, sagte Amanda schlau, »damit ist er sicher aus der Welt geschafft!«

Die Augen von Mildred funkelten. Sie hatte sich aber blitzschnell wieder im Griff. Es war ihr nicht entgangen, dass Amanda sie ganz verstört angestarrt hatte.

»Sie haben recht, verbrennen wir ihn«, sagte Mildred mit ruhiger Stimme. Sie stand auf und griff nach einem Aschenbecher im Rosenholzkästchen. »So sind Sie das Problem endgültig los, denn dieser kleine Inspektor kann niemandem beweisen, dass er den Fetzen gesehen hat.«

Amanda atmete tief durch.

Mildred zündete das Papier an, welches im Bruchteil einer Sekunde zu Asche wurde.

Nachdem sich Amanda verabschiedet hatte, ließ sich Mildred erschöpft in ihren Sessel fallen. Ihre Gedanken und Vermutungen überschlugen sich nur so. Nur gut, dass Amanda mit diesem Zettel zu ihr gekommen war. Sie hatte ihn zwar nicht bekommen, aber er war vernichtet. Sie musste Amanda im Auge behalten.

Wenig später saß Amanda auf ihrer Terrasse und ging in Gedanken das Gespräch mit Mildred nochmals durch. Niemals hatte sie mit diesen Reaktionen von Mildred gerechnet. Warum wollte sie den Zettel? Hätte sie ihn wirklich vernichtet? Hatte sie gar etwas damit zu tun? Zudem saß ihr die Angst vor dem Inspektor weiterhin im Nacken. Warum nur war er vor ihrem Gespräch mit Mildred aufgetaucht und nicht erst danach? Da wäre kein Zettel auf der Kommode herumgelegen.

Sie hatte die Wörter auf ein Stück Papier abgeschrieben. Das Original lag gut versteckt bei ihr.

Um Punkt siebzehn Uhr wurde Superintendent Barber, der für Sonderermittlungen verantwortlich war, von Kathleen zu Mildred ins Wohnzimmer geführt. Sein heller Anzug, das weiße Hemd und die hellrosa Krawatte passten gut zu seinen dichten weißen Haaren. Er strahlte über das ganze Gesicht, als er Mildred herzlich begrüßte. Seine bald fünfundsechzig Jahre gab man ihm niemals. Er wirkte so vital, bei seiner stattlichen Größe. Obschon er während der Arbeitszeit nur Wasser trank, gönnte er sich bei Mildred ein Gläschen Portwein. Ihre Schilderungen über das Benehmen seines jungen Mitarbeiters lösten bei ihm blankes Entsetzen aus. Was die Waffe betraf, nahm er ihn allerdings in Schutz. Ein Mann war schließlich erschossen worden.

»Ich wusste ja, dass Sie eine Pistole besitzen. Dass Sie aber für die Tat nicht infrage kamen, war mir von Anfang an klar. Deshalb wurde Ihre Waffe nicht schon vor einer Woche eingezogen. Da jedoch keine der eingezogenen Waffen auf diesen Fall zutrifft, müssen wir auch Ihre Pistole begutachten«, erklärte er ihr.

»Wurde die Identität des Toten inzwischen festgestellt?«

»Wir haben Hinweise, dass er aus Hongkong stammen könnte. Seine Identität steht aber noch nicht fest«, antwortete Superintendent Barber. »Das ist eine üble Geschichte für Livinfield und seine Bewohner«, sagte er weiter kopfschüttelnd, während er den Aschenbecher mit der Asche auf dem Kästchen betrachtete.

Sie plauderten noch eine Weile.

»Und bitte schicken Sie mir nicht nochmals Ihre Perle von Assistent«, flehte ihn Mildred an, »ich könnte nicht für ihn garantieren!«

Nachdem der Superintendent sich verabschiedet hatte, traf er auf Bill im Flur. *Er muss an der Tür gelauscht haben*, stellte er nachdenklich fest und schritt aus dem Haus.

17

Am Montag nach dem Ausflug nach Stanley saß Roxanne im grünen Haus an ihrem Schreibtisch. In der Zeitung war sie auf eine kleine Anzeige gestoßen. Es war nur eine Zeile. »Wai Kei geht es gut«, war zu lesen. Sie hatte die Stelle mit Leuchtstift umrahmt und die ganze Seite Ted hingelegt. Würde er reagieren? Sie war mit Rechnungen beschäftigt, als das Telefon in Teds Büro klingelte. Er war immer noch nicht aufgetaucht. Es war zehn Uhr. Sie nahm den Hörer ab. Ein aufgebrachter Mann von einer Garage schrie sie an.

»Wo ist der Lieferwagen? Bringen Sie ihn umgehend zurück!«

Auf Teds Erscheinen war sie echt gespannt.

Eine Stunde später hörte sie jemanden die Treppe hochrennen. Roxanne wusste, dass es die Schritte von Ted waren. Reglos lauschte sie. Wie immer hatte sie ihm die Liste der eingegangenen Telefonanrufe hingelegt. Ohne sie zu beachten verschwand er in sein Büro.

Er knallte mit solcher Wucht die Tür hinter sich zu, dass Roxanne beinahe vom Stuhl geschleudert wurde.

»Jetzt reicht's!«, brüllte sie so laut, dass Ted es hören musste. »Inspektor Chan soll nur erfahren, was hier los ist. Ich gehe jetzt!«

Sie packte ihre Handtasche und sprang zur Treppe. Mit einem Schlag öffnete sich die Tür von Ted.

»Du gehst nirgendwohin«, zischte er und versuchte sie zu packen.

Sie war schneller. Wie eine Katze sprang sie die Treppe hinunter und knallte ihm vor der Nase die Tür zu. Sie hatte noch mitbekommen, wie das Telefon begonnen hatte zu klingeln.

Roxanne rannte nun die Straße gleich schnell hinunter wie die Frau mit der dreieckigen Tasche damals. Sie überlegte, ob sie die Polizei einschalten sollte. Sie würde die Telefonate von Inspektor Chan natürlich erwähnen und hoffentlich mit ihm sprechen können. Sie wollte aber zuerst diese Frau finden.

Sie hatte unterdessen die Des Voeux Road erreicht. Sie stand vor einem Bankgebäude.

Nebenan befand sich eine Cafeteria. Sie ging hinein und bestellte sich ein kühles Mineralwasser. Sie hatte nicht das Gefühl, dass Ted ihr gefolgt war. Das Telefon hatte geklingelt. War es nochmals Inspektor Chan gewesen? Während sie tief in ihren Gedanken versunken war, hatte sich eine Frau drei Tische weiter hingesetzt. Roxanne schätzte ihr Alter zwischen siebzig und achtzig Jahre. Sie war elegant gekleidet. *Der schönen weißen Haut nach sicher eine Engländerin*, ging es ihr durch den Kopf. Etwa eine halbe Stunde später stand die Frau auf und verließ das Lokal. Mit einem Ruck wurde Roxanne in die Realität zurückversetzt. Ihre Tasche! Sie war dreieckig. *Diese Frau hätte niemals die Straße hinunterrennen können*, überlegte sie. Roxanne konnte jetzt nicht mehr tatenlos hier herumsitzen. Sie bezahlte und kehrte in die Menschenmenge zurück. Ziellos schritt sie an den Schaufenstern von Prada entlang, es folgte Ferragamo mit exklusiven Schuhen und Seidenschals. Ein paar Meter weiter befand sich der Eingang zu einem großen Warenhaus. Von hier weg reihten sich Stände auf dem Gehsteig, an dem Warenhaus entlang. Das Gedränge fand jetzt auf halber Gehsteigbreite statt. Der erste Stand bot Regenschirme an. Eine alte chinesische Frau versuchte die Leute anzulocken. Beim zweiten Stand verschlug es Roxanne die Sprache – Taschen in allen Variationen, in allen Farben. Von einer Ecke hoch oben hingen sie herab, die dreieckigen Taschen, wieder in allen Farben. Sie war verzweifelt. *Nie werde ich diese Frau finden können!* Sie beschloss, wieder zur Firma zurückzukehren. Sie musste herausbekommen, was mit Wai Kei geschehen war. Sie machte sich auf den Weg zur Ampel, um die Des Voeux Road zu überqueren und die Lok Ku Road hochzusteigen.

Pamela verbrachte zur selben Zeit ihre Mittagspause mit Einkäufen. Diverse Reinigungsmittel und Kosmetika mussten ersetzt werden. Danach wollte sie wieder einmal dem Zoologischen Garten einen Besuch abstatten. Seit dem Nachmittag im Juni hatte sie bis heute keine Gelegenheit mehr gehabt, einen halben Tag freizunehmen. Die Wetterprognosen standen allerdings nicht zum Besten. Gewitter waren vorausgesagt. Ein Blick zum Himmel verriet ihr, dass der Regen schon bald einsetzen würde. Vorsorglich hatte sie ihre blaue Handtasche von Chanel mitgenommen, in der sie ihren Knirps mühelos verstauen konnte. Sie zückte ihre Einkaufsliste aus der Tasche und studierte sie vor dem Eingang eines kleinen Warenhauses. Wenig später stand sie an der Des Voeux Road vor der Ampel, wie fünf Tage zuvor. Sie hatte sich, wie immer in letzter Zeit, erst in der dritten Reihe hingestellt. Trotzdem schaute sie sich ständig nach hinten um. Es dauerte eine ganze Weile, bis die Ampel endlich auf Grün schaltete. Der letzte Blick zurück ließ sie erstarren. Sie konnte keinen Schritt mehr gehen. Die Frau hinter ihr drängte nach vorne, stieß sie zur Seite und stürmte an ihr vorbei über die Straße. Pamela hatte ihr Gesicht gleich erkannt. Es war die Frau mit den langen schwarzen Haaren, die Gerald offensichtlich kannte. In letzter Sekunde sprang sie über die Straße und nahm ihre Verfolgung auf.

In der Lok Ku Road blieb Roxanne plötzlich stehen, als hätte sie etwas vergessen. Pamela beobachtete sie aus sicherem Abstand. Gemäß Arthur war sie nicht die Frau, die sie auf die Fahrbahn gestoßen hatte. Es war eine chinesische Frau gewesen, hatte er ihr versichert. Roxanne schritt endlich langsam weiter. Pamela griff in ihre Tasche und zückte ihre kleine Kamera. Roxanne schritt auf die Hecke zu. Klick! *Das erste Beweisstück*, sagte sich Pamela stolz, bevor die Frau hinter der Hecke verschwunden war. Pamela lief weiter zur Hollywood Road. Von hier aus rief sie Arthur an.

»Ich habe soeben die Frau fotografiert, wie sie durch die Hecke in den Garten des grünen Hauses geschritten ist. Ich will wissen, was in dem Haus los ist«, sagte sie ihm in einem Atemzug. »Ich stehe bei der Kreuzung oben.«

»Du bist wahnsinnig, geh da ja nicht hinein«, riet ihr Arthur ganz aufgeregt. »Das ist viel zu gefährlich!«

»Aber ich will doch nur wissen, ob Gerald etwas damit zu tun hat. Seit gestern wissen wir, dass er diese Frau offensichtlich kennt!«

Die Verbindung war plötzlich weg. Ihr Akku war leer. Egal, sie hatte Arthur über ihr Vorgehen informiert, wie sie es vereinbart hatten.

Mit schnellen Schritten ging sie wieder auf

das grüne Haus zu. Ein Fenster stand oben zur Straße hin offen.

»Warum ich weggefahren bin?«, brüllte eine männliche Stimme von oben herab. »Und du fragst noch? Hast mich im Lieferwagen bei der satanischen Hitze einfach zurückgelassen! Sollte ich etwa den ganzen Tag im Wagen schmachten? Und überhaupt, ich gebe es hier auf und gehe!«

Der Mann schien einem Herzinfarkt nahe. Von der Straße unten war der Mann nicht zu sehen. Pamela fragte sich, was die Frau für eine Rolle spielte. Mittäterin beim Mord oder eine Mitarbeiterin, die nicht zu beneiden war? Plötzlich hörte sie, wie eine Tür gewaltsam aufgeschlagen wurde. Schnell drehte sich Pamela um und studierte die Fassade des Hauses, vor dem sie stand. Sie griff nach ihrem Stadtplan und tat, als suche sie eine bestimmte Straße. Sie spürte eine Person hinter sich. Eine eiskalte Hand ergriff ihre Schulter von hinten. Sie wurde brutal herumgerissen.

»Lassen Sie mich los!«, schrie Pamela mit schriller Stimme.

»Was suchen Sie hier?«

»Den alten Tempel«, stammelte sie und deutete auf den Stadtplan.

Es war der Mann, der die Frau vor dem Tempel angebrüllt hatte, die Stimme von vorhin.

Er versuchte, sie vor sich herzuschieben in Richtung grünes Haus. Sie stemmte sich mit ihrem ganzen Gewicht gegen ihn. Mit der freien Hand schlug sie so plötzlich nach hinten in sein Gesicht, dass er taumelte. Sie riss sich los und rannte in die Hollywood Road. Wie immer waren viele Leute dort unterwegs. Sie rannte trotzdem weiter. Erst vor dem Tempel wagte sie einen kurzen Blick zurück. Er war ihr nicht gefolgt.

Ted hatte Pamela unten erblickt, als er am Telefon war. Sie hatte das Haus beobachtet. Zu spät hatte er realisiert, dass sein Fenster offen stand. Sie musste jedes Wort verstanden haben. *Schade, dass sich das Biest losreißen konnte*, schnaubte er, während er das Fenster zuzog und die Nummer von Gerald wählte.

»Du sollst noch wissen, dass uns eine Frau nachspioniert. Sie stand unten auf der Straße, während wir telefonierten.«

»Na und? Dieses Quartier zieht viele Touristen an.«

»Ich bin hinuntergerannt und wollte sie ins Haus zerren, wollte wissen, wer sie ist«, brüllte Ted wieder ins Telefon.

»Du bist verrückt! Wie sah sie denn aus?«

Die Beschreibung passte nur auf eine Person. *Sie ist also weiterhin am Herumschnüffeln. In diesem Quartier darf ich mich in nächster Zeit auf keinen Fall blicken lassen!* Er war in heller Aufregung.

»Bist du noch dran?«

Gerald rang um Fassung.

»Ja, aber wir sprechen morgen weiter«, kam es leise von ihm.

»Kommt nicht infrage, wir reden jetzt weiter. Peter Ko hat mich am Samstag vor unserem Ausflug nach Stanley angerufen. Die Ware soll dieses Mal außergewöhnlich wertvoll sein. Ich will jetzt wissen, ob du diesen Transport vom dritten August, das heißt in vierzehn Tagen, im Griff hast! Ich warne dich, ich schmeiße hier alles hin, wenn es nicht klappt. Wann kommt der Ersatz für Wai Kei?«

Ted hatte noch nie so zu Gerald gesprochen.

»Komm morgen zu mir ins Büro«, wiederholte Gerald mit erschöpfter Stimme.

»Und übrigens«, fuhr Ted fort, »lies die Seite siebzehn der heutigen South China Morning Post aufmerksam durch!«

»Warum?«

»Wirst du schon sehen! Aber jetzt muss ich nach Stanley fahren, um den Lieferwagen zu holen – als hätten wir nichts anderes zu tun! Bis morgen um zehn!«

Völlig verärgert schmetterte Ted den Hörer derart aufs Telefon, dass dieses fast zerbrach.

Roxanne saß wie versteinert an ihrem Pult, während sie Ted zuhörte. Instinktiv hatte sie das Datum vom dritten August auf den vor ihr liegenden Notizblock aufgeschrieben. Wai Kei musste mit bestimmten heiklen Lieferungen zu tun gehabt haben. Sie war gespannt, was sich als Nächstes ereignen würde. Die Probleme schienen alle von Gerald herzurühren, nicht von Ted.

Hatte sich Ted von der Zeitungsanzeige betroffen gefühlt? Immerhin hatte er Gerald darauf aufmerksam gemacht. Sie musste am Ball bleiben ...

18

Am nächsten Tag um Punkt zehn Uhr traf Ted in Kowloon im Büro von Gerald ein. Sie saßen sich am breiten Schreibtisch gegenüber.

»Wie gesagt, hat mich Peter Samstag angerufen«, sagte Ted langsam mit tiefer Stimme und wartete auf die Reaktion von Gerald.

»Vereinbart ist, dass er nur zu mir direkten Kontakt hat«, sagte Gerald nach einer Weile und versuchte, ruhig zu wirken.

»Da es sich dieses Mal um eine besonders wertvolle Bronzeskulptur handelt, wollte er ausrichten, dass Wai Kei überaus vorsichtig damit umgehen soll. Er will dich deswegen treffen. Du sollst mit ihm einen Termin vereinbaren«, erklärte ihm Ted mit gereizter Stimme.

Das hat gerade noch gefehlt! Besonders wertvolle Fracht, ausgerechnet jetzt, schoss es Gerald durch den Kopf.

Ted beobachtete ihn scharf. Pure Angst sah er.

»Hast du einen Ersatz für Wai Kei? Am dritten August muss die Ware bei mir sein«, tobte Ted.

Noch nie hatte er Gerald so hilflos gesehen. *Schreien hilft da nicht weiter*, sagte er sich, mittlerweile ebenfalls von Angst gepackt.

»Was ist das Problem, was kann ich tun?«, versuchte Ted nun Gerald mit ruhiger Stimme zur Rede zu stellen.

»Ich habe noch keinen Ersatz«, gab Gerald mit gequälter Stimme zu.

Ted lehnte sich in seinem Sessel zurück, während er Gerald nicht aus den Augen ließ.

Einen Augenblick später sprangen beide förmlich von ihren Sitzen hoch. In der Totenstille hatte das Telefon schrill zu klingeln begonnen. Nach einer Weile erst nahm Gerald den Hörer auf.

»Gerald, ich muss dich dringend sprechen«, kam es durch die Leitung.

Es war Peter.

»Was gibt's?«

»Ich komm morgen um neun!«

Gerald blieb nichts anderes übrig als mit »Ja«, zu antworten, und er legte wieder auf.

Ted war froh, dass der Termin schon auf den nächsten Tag vereinbart worden war. Mit

Peter Ko würde diese Angelegenheit endlich voranschreiten. Viel Zeit blieb nicht.

»Was hältst du von der Anzeige?«, fragte Ted neugierig.

»Ich weiß nicht«, antwortete Gerald langsam.

»Unheimlich, gerade jetzt«, erwiderte Ted stirnrunzelnd.

»Unheimlich«, wiederholte Gerald mit heiserer Stimme.

Wie vereinbart traf Peter am nächsten Morgen pünktlich um neun bei Gerald ein. Peter kam gleich auf die bevorstehende Lieferung zu sprechen. Wie Ted ihm schon berichtet hatte, ging es Peter um eine sehr seltene Skulptur. Voller Begeisterung hatte er Gerald den geschichtlichen Hintergrund dieses außergewöhnlichen Kunstwerkes dargelegt. Diese ganze Abhandlung interessierte Gerald herzlich wenig. Blass, mit stumpfem Blick saß er regungslos da. Als Peter ihm eine Frage stellte, erschrak er. Erst jetzt merkte Peter, dass sein Gegenüber sich ungewöhnlich verhielt.

»Wie geht es dir? Ich habe dich noch gar

nicht richtig begrüßt, tut mir leid, ich bin so voller Bewunderung für diese Kunstwerke«, fügte er entschuldigend an.

Gerald musste gar nichts antworten, Peter war wieder in seinem Element. Er erzählte voller Eifer von dem Tempel, wo die Bronzestatue gefunden worden war.

»Übrigens habe ich Samstag versucht, Ted im Büro zu erreichen. Seine Assistentin wusste weder, wo er war, noch wann er zurück sein würde. Ich bestehe darauf, dass sie immer informiert ist. Wir müssen uns aufeinander verlassen können«, sagte Peter mit gereizter Stimme.

Gerald nickte, saß aber weiterhin stumm da. Die eine, entscheidende Frage musste demnächst kommen, sagte er sich. Und sie kam.

»Wie geht es dem Fahrer, Wai Kei?«, fragte Peter. »Ich muss ihn treffen.«

Die Antwort von Gerald verblüffte ihn.

»Wai Kei arbeitet nicht mehr bei uns.«

»Du hast ihn, ohne mich zu informieren, entlassen? Warum? Unsere Abmachung lautet anders!«

Peter war entrüstet. Die unausweichliche Frage, warum der Fahrer weg war, und vor allem wo er jetzt war, jagte Gerald kalten Schweiß auf die Stirn.

Peter versuchte seine Wut einzudämmen und ganz sachlich die Angelegenheit zu ergründen.

»Wai Kei ist zum zweiten Mal von einem grünen Nissan verfolgt worden. Er hat Angst bekommen und daraufhin kurzerhand gekündigt«, log Gerald.

»Und du hast ihn gehen lassen – das ist ja unglaublich! Du hättest mich umgehend informieren müssen!«

Er hätte einen Ersatz eingestellt, log ihn Gerald weiter an. Peter schien dies nicht mehr gehört zu haben. Er war außer sich.

»Bestell Wai Kei morgen früh hierher«, befahl er in schneidendem Ton. »Morgen ist schon Donnerstag, der dreiundzwanzigste Juli. Die Zeit drängt!«

Davor hatte sich Gerald am meisten gefürchtet.

Nachdem Peter weg war, lehnte sich Gerald in seinem bequemen Sessel zurück. Er war froh, endlich allein zu sein. Sollte er selber die Ware abholen? Es blieb ihm bald nichts anderes übrig. Das war zwar sehr unvorsichtig, als Kopf der Organisation musste er im Hintergrund agieren und alles überwachen, aber in so kurzer Zeit konnte er keinen hundertprozentig vertrauenswürdigen Ersatz für Wai Kei finden. Wie sollte er bloß morgen Peter zu verstehen geben, dass Wai Kei nicht mehr erreichbar war? Hatte ihm Peter überhaupt noch zugehört, als er sagte, er habe einen Ersatz?

Zudem ging ihm die Anzeige nicht aus dem Kopf. Wer steckte dahinter?

19

Während sich in Hongkong die Situation um Gerald zuspitzte, überstürzten sich bei Mildred die Ereignisse ebenfalls.

Nach dem Auftritt von Inspektor Gray und dem Besuch von Superintendent Barber am letzten Sonntag hatte Mildred nichts mehr von ihnen gehört. Sie machte sich wegen ihrer Pistole keine Sorgen. Die Informationen von Amanda wühlten sie viel mehr auf. Um welchen Mann aus Hongkong konnte es sich handeln? Sie rätselte weiterhin. Die Polizei offensichtlich auch, denn die Tageszeitungen berichteten nichts darüber. In Hongkong kamen nur zwei Männer infrage, die sie ab und zu hier besuchten. Beide kamen jedoch nie ohne Vorankündigung. Am meisten beunruhigten sie die Worte »Bright« und »Hongkong«, die er geflüstert haben sollte. Nur weil Pamela zurzeit in Hongkong weilte, hieß das noch lange nicht, dass mit »Bright« ein Familienname gemeint war, versuchte sie sich zu beruhigen. Der Hinweis auf die Lok Ku Road gab ihr noch mehr zu denken. Hatte der Mann mit dem beobachteten Verbrechen etwas zu tun? Dass ihr Name und ihre Adresse auf dem Umschlag des verschwundenen Briefes standen, machte sie immer noch wütend. War sie damit in eine kriminelle Machenschaft hineingezogen worden? Der Tote konnte nichts mit dem Brief zu tun haben, überlegte sie weiter. Harry hatte ihn noch bei sich am Freitag, hatte er ihr versichert. Der Mann war in der Nacht auf Samstag erschossen worden.

Tag und Nacht hatte sie sich mit diesen Gedanken gequält, bis sie es nicht mehr aushielt.

Am Mittwoch rief sie Superintendent Barber an. Eine freundliche Stimme meldete sich.

»Ich werde Superintendent Barber ausrichten, dass er Sie umgehend zurückruft«, sagte die Frau.

Eine Stunde später ließ sich Mildred erschöpft in ihren Lieblingssessel fallen. In Gedanken ging sie nochmals die Ereignisse durch, als es an der Tür klingelte.

Kathleen kam mit Inspektor Gray und einem zweiten Beamten in gleicher Uniform herein.

»Inspektor Gray«, stellte er sich vor und deutete mit »Inspektor Reilly« auf seinen Begleiter.

»Die Kugel stammt aus Ihrer Pistole«, verkündete ihr Inspektor Gray.

»Ich habe nichts mit Ihnen zu besprechen«, hatte sie ihm ruhig geantwortet.

»Der Mann, der erschossen wurde, wurde mit Ihrer Pistole getötet«, wiederholte er mit triumphierender Stimme.

»Dann erklären Sie mir, wie diese Kugel aus der Schublade meines Sekretärs ihren Weg hinter die Rippen dieses Mannes gefunden hat, gute hundert Meter von hier entfernt. Oder wollen Sie mir sagen, dass ich ihn erschossen haben soll?«

»Ja, ja, so sieht es aus, außer jemand anders hätte damit geschossen.«

»Wenn ich Sie richtig verstehe, soll jemand in diesem Haus den Mord begangen haben«, erwiderte Mildred weiterhin ruhig. »Was sagen denn die Fingerabdrücke aus?«

»Das ist es ja, es sind nur Ihre vorhanden!«

»Jetzt reicht es!«, tobte sie.

Wie durch ein Wunder hatte es geklingelt. Superintendent Barber wurde von Kathleen hereingeführt.

»Meine Assistentin hat mir ausgerichtet, ich soll Sie zurückrufen. Da ich ohnehin im Quartier war, bin ich gleich vorbeigekommen«, sagte er.

Danach wandte er sich den beiden verdutzten Männern zu.

»Was macht ihr hier?«

»Wir müssen Frau Brass festnehmen«, war die Antwort von Inspektor Gray.

»Ihr verschwindet beide auf der Stelle. Ihr wisst genau, dass euch der Kontakt zu Frau Brass seit Sonntag untersagt ist«, rügte Superintendent Barber die beiden. »Mit diesem Fall habt ihr nichts mehr zu tun! Morgen um acht seid ihr bei mir im Büro!«

Wortlos, mit gesenkten Köpfen folgten sie Kathleen zur Tür.

»Die Kugel stammt tatsächlich aus Ihrer Pistole«, bestätigte er Mildred. »Ich gehe davon aus, dass jemand Ihre Waffe entwendet hat, um damit den Mord zu begehen. Ich werde Ihre Angestellten sowie die Anwohner dieses Quartiers nochmals vernehmen müssen. Seien Sie beruhigt, ich kümmere mich persönlich um diesen Fall. Sollte sich Inspektor Gray nochmals melden, schicken Sie ihn zum Teufel!«

Dabei zwinkerte er Mildred mit einem Auge zu. Er wusste, dass er sich darauf verlassen konnte.

»Könnten Sie mir ein Bild von diesem Mann zeigen, wenn schon meine Pistole damit zu tun hat?«, bat sie ihn.

Nach kurzem Zögern ging er auf ihre Bitte ein.

»Wir arbeiten eng mit den polizeilichen Behörden von Hongkong zusammen. Eine Vermisstenmeldung soll es dort bisher nicht gegeben haben. Ich hoffe, unsere Ermittlungen führen bald zu einer eindeutigen Identifizierung des Mannes und zur Aufklärung des Verbrechens«, legte er ihr den aktuellen Stand der Dinge dar.

»Ich muss Kathleen und Ihren Butler nochmals vernehmen. Können Sie dafür sorgen, dass beide übermorgen, Freitag, um zehn Uhr morgens hier sein werden? Ich werde ein Bild des Opfers mitbringen.«

Mit den Worten: »Machen Sie sich keine Sorgen und genießen Sie diese schönen Sommertage, der nächste Winter kommt bestimmt«, verabschiedete er sich.

Nun saß sie in ihrem Lieblingssessel und sollte sich keine Sorgen machen?

20

Am nächsten Tag, Donnerstag, den dreiundzwanzigsten Juli saß Peter wieder im Büro von Gerald.

»Wann kommt Wai Kei?«

Gerald rutschte nervös auf seinem Stuhl herum.

»Er wird nicht kommen, ich weiß nicht, wo er ist«, sagte Gerald.

»Dass du einen Ersatz für ihn hast, ändert nichts daran, dass ich darauf bestehe, dass Wai Kei diesen Auftrag übernimmt«, sagte Peter mit drohender Stimme. »Danach kann der Ersatzmann, wenn er so vertrauenswürdig ist wie Wai Kei, die Transporte übernehmen. Ich gebe dir noch genau drei Tage! Montag, den siebenundzwanzigsten Juli bist du mit Wai Kei morgens um zehn hier!«

Mit diesen Worten stand Peter auf und verließ Gerald, ohne sich zu verabschieden.

Eine Stunde nachdem Peter sein Büro verlassen hatte, saß Gerald noch immer mit leerem Blick an seinem Schreibtisch. Er sah keinen

Ausweg mehr. Montag würde er Peter eröffnen, dass er persönlich den Transport übernehmen würde. Er hatte schließlich noch andere Probleme zu lösen. Nur gut, dass Peter keine Ahnung davon hatte.

In Gedanken versuchte er die aktuelle Sachlage zusammenzufassen.

Pamela musste als Augenzeugin endgültig verschwinden. Hatte sich Inspektor Chan wieder bei Ted gemeldet? Ted hatte ihn in letzter Zeit nicht mehr erwähnt. An das größte ungelöste Problem durfte er gar nicht denken. Es trieb ihm kalten Schweiß auf die Stirn. Eine unglaubliche Geschichte. Nur er und Ted hatten Kenntnis davon. Eines war klar, Ted durfte die Firma nicht verlassen. Ohne ihn war das Geschäft am Boden. Ted war der offizielle Geschäftsführer. Ted und Roxanne waren ein gutes Team. Der Export der Baumwollkleider lief reibungslos. Roxanne war das nächste Stichwort, das ihn erschaudern ließ. Hatte auch sie etwas mitgekriegt? Sie soll an dem Abend noch im Büro gewesen sein und etwas gesehen oder gehört haben. Hätte Pamela die Tat nicht beobachtet, hätte er sich schon lange auf einen Ersatz für Wai Kei konzentrieren können.

Er hielt es nicht mehr aus. Es war zu viel. Er stand auf und ging.

An diesem Abend hatte sich Pamela mit Sue zu einem indischen Nachtessen in Kowloon verabredet. Sie musste sich ablenken, denn das grüne Haus ging ihr nicht aus dem Kopf. Was hatte Gerald mit dem Mann und der Frau zu tun? Sie war fest entschlossen, dies herauszufinden.

Bei einem vorzüglichen Tandoori Chicken erzählte Sue fröhlich von ihrem letzten Wochenende. Pamela hatte sich seit Langem nicht mehr so entspannt gefühlt. Es tat ihr richtig gut. Eine Stunde später, frisch gestärkt, suchten sie den Nachtmarkt in der Temple Street auf, den sie nach wenigen Minuten erreichten. Sie schritten durch das schmale, elegante Tor. Mit seinen roten Säulen und den zwei steilen, übereinander stehenden grünen Dächern glich es einem Tempeleingang. Die goldenen chinesischen Schriftzeichen und die goldenen Buchstaben »Temple Street« verkündeten den Eingang des Marktes. Bunte Lämpchen beleuchteten unzählige eng aneinandergereihte Stände. Dampfende Garküchen, die allerlei

Köstlichkeiten anboten, verbreiteten würzige Düfte. Während sie vergnügt im dichten Gedränge durch den Markt schlenderten, war Pamela ein älterer, hagerer Chinese mit einer großen Zahnlücke aufgefallen.

Sein Stand bestand aus einem Tisch mit diversen offenen Schachteln. Münzen und Medaillen waren darin schön säuberlich ausgestellt. Sie beugte sich über eine große Münze mit einem elegant geschwungenen Drachen. Sie fragte den Mann nach dem Preis. Der Preis war zu hoch, befand auch Sue. Während Pamela weitere Stücke begutachtete, hatte sich der Mann umgedreht. Er stand gebeugt über einem niedrigen Möbel hinter dem Tisch. Er kam mit einer kleineren Schachtel mit weiteren Münzen zurück. Ihr Blick schweifte dort hinüber. Eine schmale Holztruhe stand auf dem Boden. Der Deckel war hochgeklappt. Ihr Interesse galt nur noch dieser Truhe. Sie schien alt zu sein. Eine antike Truhe, befand sie. Sie fragte den Mann nach deren Preis. Er schüttelte den Kopf. Sie sei alt und schließe nicht mehr richtig. Pamela folgte ihm hinter den Tisch. Sie war von der Truhe mit dem eindrücklichen Schloss aus Messing fasziniert.

»Nein, ich verkaufe die Truhe nicht«, wiederholte der Mann ungeduldig und versuchte die Aufmerksamkeit der Frauen wieder auf seine Münzen zu lenken. Erfolglos! Warum sollte er die Truhe eigentlich nicht verkaufen? Das Geld könnte er schließlich gut gebrauchen ... Er zögerte. Die Truhe gehörte nicht ihm. Man hatte sie ihm nur geliehen. Er musste versprechen, sie nicht zu verkaufen. Niemals hätte er gedacht, dass sich jemand für dieses alte, kaputte Möbel interessieren würde. Mithilfe von Sue, die ihn auf Kantonesisch umzustimmen versuchte, willigte er schließlich ein. Den übertrieben hohen Preis bezahlte Pamela anstandslos.

Er konnte es nicht fassen!

Im fahlen Licht luden sie den Inhalt der Truhe in eine Holzkiste um, die sie an einem anderen Stand erstanden hatten. Geschafft! Sue half Pamela, die Truhe aus dem Markt zu tragen. Überglücklich standen Pamela und Sue neben der Truhe am Straßenrand. Ein Taxi musste her. Eine Frau fiel Pamela plötzlich auf, die sie oder die Truhe zu fixieren schien. Sie hatte hochgesteckte Haare. In der Dunkelheit konnte sie ihr Gesicht nicht klar erkennen. Langsam kam sie auf Pamela zu. Pamela schaute sich kurz um. Es war niemand hinter ihr.

»Sie hat es auf mich abgesehen«, flüsterte Pamela Sue zu, der die Frau ebenfalls aufgefallen war.

Wenn doch nur endlich ein freies Taxi vorbeikäme!, flehte sie den Himmel an. Endlich! Nachdem Sue ihr geholfen hatte, die Truhe auf den Sitz zu hieven, stiegen sie beide ein. Während Pamela sich setzte, hörte sie eine zischende Stimme neben sich: »Wie viel wollen Sie für das alte Möbel?«

Bloß weg von hier!, ging es Pamela durch den Kopf. Sie knallte die Wagentür zu und verriegelte sie. Hysterisch schrie sie dem Fahrer ihre Adresse zu und er solle sich beeilen. Die Frau hatte sich zum Glück entfernt. Endlich schoss das Taxi los. Ein Blick zurück verriet ihr, dass kein weiteres Taxi in Sicht war. So sehr sie sich über die Truhe freute, so besorgt war sie über sich selbst. Diese wiederkehrenden Panikattacken machten ihr schwer zu schaffen. Sue stieg zwei Kreuzungen vor dem Haus von Pamela aus.

Zu Hause angekommen, trugen Pamela

und der Taxifahrer die Truhe in ihre Wohnung und stellten sie im Wohnzimmer auf. Sie passte gut zu ihrem chinesischen Tischchen, das an der gegenüberliegenden Wand stand. Nachdem Pamela den Taxifahrer bezahlt hatte, verabschiedete er sich mit einer Verbeugung und einem breiten Lächeln. Sie hatte ihm ein großzügiges Trinkgeld gegeben. Jetzt hatte sie nur noch Augen für die Truhe. Sie war wunderschön mit ihrem dunklen alten Holz. Auf dem Messingschloss war ein langer Drache eingraviert, der sie anstarrte.

Pamela hatte nicht bemerkt, dass jemand sie beim Aussteigen beobachtet hatte. Gerald war den ganzen Tag in der Stadt herumgeirrt. Zum Schluss hatte er den Umweg zum Wohnhaus von Pamela genommen. *Mal sehen, wer da ein und aus geht*, hatte er gedacht. Ein Taxi näherte sich dem Haus und hielt an. Er staunte nicht schlecht, als er sah, wer aus dem Taxi stieg. Sie hatte sich offensichtlich eine Truhe gekauft oder von jemandem erhalten, die sie zusammen mit dem Taxifahrer ins Haus trug.

Langsam schritt er in Richtung Des Voeux

Road zurück. Wenig später erreichte er das Mandarin Oriental Hotel. Er begab sich in die elegante Bar und bestellte einen Kaffee. Der Stadtgang hatte ihm gutgetan. Sein Blick ruhte auf dem Tisch mit dem riesigen Strauß dunkelroter Gladiolen. Um die Vase herum lagen diverse Tageszeitungen, hübsch angeordnet. Er stand auf und steuerte auf den Tisch zu. Er griff zur South China Morning Post. Zurück an seinem Tischchen, machte er es sich bequem und begann darin zu blättern. Automatisch suchte er die Seite siebzehn auf. Die Anzeigen füllten wiederum die ganze Seite. Plötzlich zuckte er zusammen. »Wai Kei wird wiederkommen«, las er. Zitternd faltete er die Zeitung und machte sich wenig später auf den Heimweg.

Pamela hatte ihren tiefblauen Nachtanzug schon übergestreift, als sie in das Wohnzimmer zurückkehrte. Sie musste ihre Truhe nochmals sehen, bevor sie ins Bett ging. Das Telefon klingelte. Schon wieder Harry! Er rief ihr alle zwei Tage an, um sich zu erkundigen, wie es ihr gehe. Er ging ihr auf die Nerven. Jedes Mal versicherte sie ihm, dass alles in

Ordnung sei und er sich nicht weiter wegen des Briefes herumplagen solle.

Sie war wütend, dass sie den Hörer abgenommen hatte. Harry hatte ihre Ruhe gestört. Sie hatte den Abend mit Sue so genossen. Jetzt kreisten ihre Gedanken wieder um die vielen Fragen, auf die sie noch keine Antworten hatte. Wer war diese Frau gewesen? Was wollte sie? An Schlaf war nicht mehr zu denken.

Sie griff zur Zeitung und gab sich Mühe, sich zu konzentrieren. Für die politischen und wirtschaftlichen Themen war es zu spät, sie blätterte weiter. Bei den Kleinanzeigen hielt sie inne. Sie waren stets unterhaltsam. Eine Anzeige fiel ihr besonders auf. »Wai Kei wird wiederkommen«, war zu lesen. Sie musste schmunzeln.

Gegen dreiundzwanzig Uhr ging sie schließlich ins Bett.

21

Mildred hörte die Kirchenglocken zehn Mal schlagen, als Superintendent Barber am Freitag an der Tür klingelte. Kathleen führte ihn herein.

Mit einem herzhaften »Guten Morgen Frau Brass«, begrüßte er Mildred. Er schien wie immer bester Laune zu sein. Mildred hatte ihr anthrazitfarbenes Kleid mit den langen Ärmeln angezogen. Dazu trug sie einen breiten, grün und grau gestreiften Schal über den Schultern.

»Ich beginne gleich mit Frau Kathleen. Wo können wir uns ungestört unterhalten?«, fragte der Superintendent Mildred, während er Kathleen musterte.

»Im kleinen Wohnzimmer. Kann ich Ihnen einen Kaffee anbieten?«

»Nein, vielen Dank«, erwiderte er, »am besten beginnen wir gleich.«

Nachdem sich die beiden in das Wohnzimmer zurückgezogen hatten, vergewisserte sich Mildred, dass Bill die Terrasse vor dem Garten wischte. Bevor sie sich wieder hinsetzte, drehte sie ihren Sessel zum Garten hin. Sie wollte ihn im Auge behalten. Gebeugt, mit langsamen Bewegungen schwang er den Besen von links nach rechts und rechts nach links. *Ein alter Mann*, ging es Mildred durch den Kopf, *kein Vergleich zu Superintendent Barber, der zehn Jahre älter ist.* Zwanzig Minuten später hörte sie die Stimme von Kathleen. Sie lachte. Der Superintendent war wieder am Scherzen und ging auf Mildred zu.

»Sie haben wirklich eine sympathische Haushaltshilfe, ich kann Ihnen nur gratulieren!«

Mildred sah ihn besorgt an.

»Wenn Sie nichts dagegen haben, würde ich jetzt Ihren Butler nochmals vernehmen«, sprach er weiter.

»Natürlich!«

Sie öffnete ein Verandafenster.

»Bill, kommen Sie bitte!«

Er stellte den Besen an die Hauswand und kam zu Mildred. Seine Gesichtszüge zuckten.

Wieder setzte sich Mildred in ihren Sessel und versuchte die Zeitung zu lesen. Kathleen fragte sie, ob sie einen Tee möge.

»Nichts im Moment, danke. Aber erzählen

Sie mir, wie es Ihnen gegangen ist«, forderte sie ihre Haushaltshilfe auf.

»Oh, sehr gut«, antwortete sie. »Superintendent Barber ist wirklich ein sehr netter Mann. Er hat mich nochmals nach meinem Tagesablauf an Ihrem Geburtstag gefragt. Ich konnte ihm nichts Neues berichten. Dass es geklingelt haben soll spät in der Nacht, habe ich nicht hören können, hab ich ihm nochmals versichert, da ich im ersten Stock Ihr Schlafzimmer für die Nacht vorbereitet habe. Danach bin ich in die Küche zurückgeeilt, habe Kaffee für die Gäste bereitgestellt und mich dem Stapel Geschirr gewidmet. Wo der Butler sich aufgehalten habe, wollte er weiter wissen. Ich habe Bill gegen dreiundzwanzig Uhr zwanzig zuletzt gesehen. Er kam von der Terrasse her in das Wohnzimmer herein. Das habe ich ihm so nochmals geschildert.«

»Ich glaube nicht, dass Bill etwas mit dem Verbrechen zu tun hat«, sagte Mildred, nachdem sie Kathleen aufmerksam zugehört hatte. »Ich mag ihn nicht, aber einen Mord oder Beihilfe zu einem Mord traue ich ihm nicht zu. Zudem müsste er den Mann gekannt haben, was er bisher strikt verneint hat. Fakt bleibt, dass jemand die Pistole aus meinem Sekretär entwendet hat.«

Kathleen hörte Mildred kopfnickend zu. Im Flur war die Stimme von Superintendent Barber zu hören.

»Kommen Sie nächsten Montag um neun Uhr zu mir.«

Mildred und Kathleen waren aufgestanden. Im Flur sahen sie, wie der Superintendent Bill ein Visitenkärtchen überreichte.

Mildred gab Bill daraufhin den Nachmittag frei. Zu Kathleen sagte sie, sie solle sich erst wieder um drei Uhr nachmittags bei ihr im kleinen Wohnzimmer melden. Danach führte sie den Superintendent ins große Wohnzimmer.

Er wirkte nicht mehr so entspannt. Sorgenfalten waren auf seiner Stirn zu sehen.

»Dieser Butler weist seltsame Züge auf. Einmal spricht er ganz gelöst, dann wieder völlig verkrampft. Er blieb bei seiner Aussage, dass er nichts von einer Pistole wisse und dass niemand zu später Stunde geklingelt habe. Beim Erwähnen des asiatischen Mannes schweiften seine Augen unruhig hin und her, während er nochmals behauptete, ihn nicht gekannt zu haben. Ich will ihm am Montag ein Bild von ihm zeigen. Ich bin gespannt, wie er darauf reagiert.«

Hier hielt er plötzlich inne. Das Bild hatte er vergessen mitzubringen. Er hatte es Mildred versprochen.

»Es tut mir leid, ich bin Ihnen ein Bild schuldig. Montag bringe ich es mit. Ich muss mich verabschieden, denn ich bin in zehn Minuten mit Frau Woodley verabredet.«

»Sie meinen Amanda Woodley?«

»Ja«, erwiderte er, erstaunt über diese Frage.

Täuschte er sich, oder war Mildred über seinen nächsten Termin besorgt? Diesem Gedanken nachsinnend schritt er die Straße zu Amanda hinunter.

Amanda stand draußen vor ihrer Haustür, als sie Superintendent Barber kommen sah. Wenig später saßen sie in ihrem kleinen, hellen Wohnzimmer.

»Ich muss Sie leider bitten, nochmals Schritt für Schritt die Geschehnisse, die sich in der Nacht vom zehnten Juli ereignet haben, zu schildern.«

»Sind Sie für die Ermittlungen zuständig, nicht Inspektor Gray?«

»Ja, Inspektor Gray und Inspektor Reilly haben mit diesem Fall nichts mehr zu tun«, bestätigte er.

»Zum guten Glück«, erwiderte Amanda sichtlich erleichtert.

Seine Manieren seien nicht die feinsten gewesen, gab sie ihm auf seinen fragenden Blick hin zu verstehen. Sie musste auf der Hut sein, auch wenn dieser Mann eine äußerst sympathische Ausstrahlung verbreitete. Amanda begann zu erzählen, wie sie den Abend allein auf ihrer Terrasse verbracht und die völlige Stille genossen hatte, da alle Nachbarn in Urlaub gefahren waren. Der Superintendent hörte ihr schweigsam zu. Erst als sie das Eintreffen der Polizeibeamten beschrieb, machte er sich einige Notizen auf seinem Block. Die Frage nach einer Waffe verneinte sie, wie beim ersten Verhör.

»Der Mann war noch am Leben, als Sie ihn entdeckt haben. Hat er etwas gesagt?«

Geduldig wiederholte sie die Worte »Bright« und »Hongkong«.

»Ist Ihnen seit diesem Verbrechen etwas Besonderes aufgefallen?«

»Ja, allerdings«, gab sie heftig zu.

Der Superintendent lehnte sich nach vorne.

»Am Montag gegen fünfzehn Uhr war ich auf dem Weg von hier zum Bahnhof«, begann sie.

Sie erzählte, wie Bill hinter ihr mitten auf der Fahrbahn stand. Als sie zu ihm wollte, war er losgerannt, wieder mitten auf der Fahrbahn. Im Bahnhofsgebäude hatte sie ihn wiedergesehen. »Sie werden wiederkommen, diese Männer«, hatte er auf ihre Fragen nach Mildred geantwortet.

Superintendent Barber schrieb fleißig mit.

»Ein Irrer«, war ihr Schlusskommentar.

»Ist Ihnen sonst noch etwas aufgefallen?«, fragte er weiter.

»Ja«, antwortete Amanda zögernd, »es hat aber vielleicht nichts mit dem Verbrechen zu tun.«

»Das macht nichts, jeder Hinweis kann uns weiterhelfen«, ermunterte er sie.

Amanda schilderte ihre Begegnung mit dem blonden Mann, der ihr verdächtig vorgekommen war.

»Warum schien er Ihnen verdächtig?«

»Es war Dienstag. Der Fremde kam hier die

Straße hoch, zu Fuß. Wurde nicht hier ein Mann erschossen? Ob die Tat schon aufgeklärt worden sei, wollte er wissen. Er sei auf der Suche nach einem Haus für sich und seine Familie, gab er als Grund für sein Erscheinen an. Als ich ihn später wiederkommen sah, fragte er, wer oben im großen Haus wohne und ob ein Gärtner dort arbeite. Er hatte Mildreds Haus gemeint.«

»Beschreiben Sie mir den Mann so genau wie möglich«, forderte er Amanda auf.

Superintendent Barber bedankte sich wenig später für das Gespräch und verabschiedete sich mit einem gewinnenden Lächeln.

Amanda schaute ihm nach, bis er um die Kurve Richtung Bahnhof verschwunden war, und studierte danach das Visitenkärtchen, das sie erhalten hatte. *Ich werde ihn auf alle Fälle kontaktieren, sollte sich Neues zutragen*, sagte sie sich entschlossen.

22

Pamela verbrachte den Samstagvormittag mit Haushaltsarbeiten. Nachdem sie damit fertig war, setzte sie sich neben die Truhe auf den Boden. Mit einem weichen Lappen polierte sie das Schloss aus Messing. Der Drache schien Freude daran zu haben, so wie er sie anblickte. Es war ihre beste Anschaffung, seitdem sie in Hongkong wohnte. Sorgfältig öffnete sie die Truhe und klappte den Deckel hoch. Was sie wohl schon alles erlebt hatte? Die wildesten Geschichten schossen ihr durch den Kopf, während sie behutsam ihre Fingerspitzen über die rauen Holzflächen im Innern der Truhe gleiten ließ. Es war ganz still im Haus. Plötzlich spürte sie eine tiefere Rille unter ihrem Mittelfinger. Sie fuhr nochmals über die Stelle. Nebenan konnte sie weitere Ritzen ausmachen. Mit bloßem Auge war nichts zu erkennen, es war zu dunkel. Sie erhob sich und kam mit einer Taschenlampe und einer Lupe zurück. Wieder setzte sie sich neben die Truhe. Mit der Lupe untersuchte sie die Stelle. Kurze Striche waren eingeritzt. Sie bewegte den Lichtstrahl weiter nach rechts. Großbuchstaben erschienen jetzt unter der Lupe. KEI oder KEL konnte sie lesen, etwas weiter weg auf der gleichen Höhe stand WAT. Sie suchte weiter. Auf dieser Innenfläche fand sie nichts mehr. Sie suchte alle vier Innenwände auf weitere Zeichen ab. Nichts. *Stellen die Striche chinesische Zeichen dar?*, fragte sie sich aufgeregt. *Bedeuten die Buchstaben etwas? Sue könnte dies entziffern*, überlegte sie. Sie schloss die Truhe wieder und betrachtete sie liebevoll. *Nein, die Truhe soll ihr Geheimnis für sich behalten*, entschied sie.

Sie stand auf und versuchte, in der realen Welt wieder Fuß zu fassen.

Eine Stunde später machte sich Pamela auf den Weg zum Zoologischen und Botanischen Garten. Während sie die wenigen übrig gebliebenen Kolonialhäuser an der Lower Albert Road betrachtete, gingen ihr die Zeichen oder Buchstaben der Truhe nicht aus dem Sinn. Sie hielt inne und holte tief Luft. Sie war zu schnell gelaufen. Die Straße führte in steilen Windungen zum Zoo und weiter zum

Peak hinauf. Außer Atem bei dieser Hitze und der hohen Luftfeuchtigkeit erreichte sie endlich den Eingang. Erschöpft suchte sie als Erstes die Cafeteria auf mit ihren Tischchen, die zwischen Palmen und Bananengewächsen standen. Die großen grünen Blätter spendeten Schatten und verbreiteten eine willkommene Brise. Erholt machte sie sich später zu den Lemuren auf. Sie konnte ihnen stundenlang zusehen, wie sie auf den Ästen herumturnten oder sich stehend mit ausgebreiteten Armen der Sonne hingaben. Zwei Stunden später kehrte sie zur Cafeteria zurück. Sie bestellte sich ein Glas kühlen Roséwein und griff zur Zeitung, die jemand auf einem Tisch liegen gelassen hatte. Automatisch suchte sie die Seite siebzehn auf und begann zu lesen. »Wai Kei kommt«, stand fast zuunterst auf der Seite. Vor zwei Tagen, erinnerte sie sich, hatte sie eine Anzeige mit dem Namen Wai Kei gesehen. Es war an dem Tag, als sie die Truhe gekauft hatte, Donnerstag. *Es muss sich um einen Scherz handeln, der allerdings einiges kostet*, dachte sie dabei. Sie lehnte sich in ihrem Stuhl zurück und betrachtete die Aussicht. Diese bestand lediglich aus aneinandergereihten schlanken, bis zu neunzigstöckigen Hochhäusern. Es waren die rückwärtigen Fassaden der Banken und Geschäftshäuser, die an der Wasserfront stehen. Die berühmte Skyline von hinten.

Glücklich und entspannt machte sie sich auf den Heimweg.

23

Es war Sonntag, der sechsundzwanzigste Juli. Roxanne saß im grünen Haus an ihrem kleinen Pult. Eine Woche war seit der Festnahme von Gerald in Stanley vergangen. Sie hatte beschlossen, Ted gegenüber freundlich und hilfsbereit aufzutreten. Nur so könnte er ihr vielleicht etwas anvertrauen, das ihr bei ihrer Suche nach Wai Kei und der Truhe behilflich sein könnte. Die Polizei wollte sie noch nicht einschalten, obschon die letzten Tage wieder stürmisch gewesen waren. So konnte es nicht weitergehen. Wie lange Ted das wohl noch aushalten konnte? *Ich muss mich weiter durchbeißen*, sagte sie sich grimmig. Diese Zustände hatten zur Folge gehabt, dass auch bei ihr Arbeit unerledigt geblieben war. Dies wollte sie heute nachholen. Sie nahm den nächsten Stapel Rechnungen in Angriff und überprüfte sie.

Nach einer Weile warf sie einen kurzen Blick aus dem Fenster. Die Straße war menschenleer. *Eigentlich ist es ein schönes Quartier*, versuchte sie sich zu überzeugen, aber es gelang ihr nicht. Sie liebte Einkaufszentren mit exklusiven Boutiquen. In Hongkong waren sie besonders attraktiv, mit ihren hohen Glaskuppeln und den Wasserfontänen, umrahmt von tropischen Pflanzen. Sie konnte nicht verstehen, warum Gruppen von Ausländern von diesen halb zerfallenen Häusern so entzückt waren. Die Gärten wie der hier waren völlig verwildert. Katzen streunten herum. Mäuse waren sicher nicht weit weg. Sie zuckte zusammen. Ob es wohl in diesem Haus Mäuse gab? *Wenn ich nicht so viel verdienen würde, wäre dies der letzte Ort, an dem ich mich aufhalten würde*, sagte sie sich voller Abscheu. Warum wollten Ted und Gerald keine anständigen Räumlichkeiten in einer modernen Umgebung mieten? Davon gab es zur Genüge in Hongkong. Sie hatten etwas zu verbergen, wovon niemand, auch sie, etwas wissen durfte. Jetzt, da alles schief lief, wusste sie wenigstens das. Wai Kei hatte offensichtlich den Preis dafür bezahlt.

Sie schwitzte. Wegen der Hitze musste sie bei geschlossenem Fenster arbeiten. Es gab hier keine Klimaanlage. Sie musste sich mit einem kleinen Tischventilator begnügen. Ihre Gedanken schweiften nun zum Nachtmarkt in der Temple Street. Zwei Frauen waren mit einer Holztruhe aus dem Markt gekommen. Sie waren mit der Truhe in ein Taxi gestiegen. Reflexartig hatte sie eine der beiden gefragt, wie viel sie dafür wolle. Sie hatte ihre Frage wohl nicht mehr gehört. Die Truhe hätte der Größe nach die von hier sein können.

Aus ihrer Handtasche kramte sie eine Zigarette und ihr Feuerzeug hervor. Ihre Motivation hatte den Nullpunkt erreicht. Sie ging zum gegenüberliegenden Raum hinüber. Rauchend wie damals stand sie vor dem offenen Fenster über dem Hauseingang.

24

Am Montag, dem siebenundzwanzigsten Juli, um zehn Uhr klingelte es bei Mildred an der Tür. Kathleen führte Superintendent Barber ins Wohnzimmer.

»Guten Morgen, Frau Brass«, begrüßte er Mildred, die ihn fragend musterte. »Ihr Butler hatte bei mir einen Termin um neun. Er ist nicht erschienen. Ist er bei Ihnen?«

Mildred schüttelte den Kopf.

»Nein, ich habe ihn nicht gesehen. Ich wusste ja, dass er bei Ihnen ist«, erwiderte sie.

Kathleen hatte diesen Satz im Flur mitbekommen und kam wieder herein.

»Bill ist hier, er ist draußen mit den Gartenmöbeln beschäftigt.«

Mildred und der Superintendent blickten einander kopfschüttelnd an.

»Auf diesen Mann ist einfach kein Verlass«, fauchte Mildred mit einer verächtlichen Handbewegung.

»Holen Sie ihn doch bitte herein, Frau Kathleen«, sagte er. »Ich werde ihn hier zusammen mit Ihnen, Frau Brass, nochmals befragen. Ich werde Ihnen beiden das Bild von dem Mann vorlegen. Ich bin auf seine Reaktion gespannt. Sagen Sie bitte kein Wort, weder beim Betrachten des Bildes noch während des Gesprächs.«

»Ich werde mich daran halten«, versprach Mildred.

Kathleen kam mit Bill zurück und verschwand gleich wieder.

»So, Herr Partridge«, begann der Superintendent.

»Sagen Sie Bill zu mir«, unterbrach ihn Bill.

»Also Bill, warum sind Sie nicht um neun gekommen?«

»Wohin hätte ich denn kommen sollen?«, fragte er mürrisch.

»Ich habe Ihnen mein Kärtchen letzten Freitag gegeben, als wir den Termin von heute vereinbarten.«

Bill blickte auf den Boden und sagte kein Wort.

»Beginnen wir. Ich möchte nochmals auf die Frage zurückkommen, ob jemand am zehnten Juli nachts an der Tür geklingelt hat«, fragte ihn der Superintendent.

»Nein, habe ich doch schon hundert Mal beantwortet«, kam es gelangweilt von ihm.

»Wussten Sie, dass Frau Brass eine Waffe besitzt?«

»Ja klar!«

»Woher wussten Sie das?«, fragte er und lehnte sich nach vorn.

»Frau Brass hat es dem Inspektor erzählt«, antwortete Bill grinsend.

»Und wissen Sie auch, wo Frau Brass sie aufbewahrt?«

»Im Sekretär, in der mittleren oberen Schublade«, kam es wie aus der Pistole geschossen.

Superintendent Barber konnte sich daran erinnern, wie er Bill hinter der Wohnzimmertür ertappt hatte, als sie sich unterhalten hatten.

»Wussten Sie das auch schon vor dem zehnten Juli?«

»Weiß ich nicht«, antwortete Bill und konzentrierte sich auf seine Schuhe.

Der Superintendent schrieb folgende Notiz auf seinen Block: Freitag, vierundzwanzigster Juli, behauptete Bill, nichts von einer Pistole gewusst zu haben. Heute, drei Tage später, gab er zu, gewusst zu haben, dass Frau Brass eine Pistole besitzt und dass sie sich in der mittleren oberen Schublade ihres Sekretärs befindet.

Er wandte sich wieder Bill zu. Aus seiner Mappe holte er ein Bild hervor, das er auf den Tisch legte. Mildred rückte ihren Sessel näher heran. Bill bückte sich gelangweilt nach vorne und betrachtete es. Der Superintendent beobachtete ihn scharf. Kein einziger Muskel hatte sich in Bills Gesicht verzogen. Auch seine Körperhaltung sagte nichts aus. Keine sichtbare Nervosität. Superintendent Barber blickte kurz zu Mildred hinüber. Er erschrak. Sie war bleich geworden und starrte weiter auf das Bild. Sie blieb aber stumm, wie vereinbart.

»Ist Ihnen nicht gut?«, fragte er sie besorgt.

»Doch, doch, machen Sie nur weiter.«

»Sind Sie einem blonden, jüngeren Mann hier in Livinfield begegnet?«, wollte Superintendent Barber von Bill wissen.

Bill wurde nervös. Sein Blick schweifte hin und her.

»Wann haben Sie ihn gesehen?«

Mildred blickte auf, sichtlich erstaunt.

»Er stand plötzlich vor dem Tor, als ich die Bodenplatten beim Brunnen wischte«, antwortete Bill. »Wer war es?«, fragte er mit leiser Stimme.

Er hat Angst, stellte Superintendent Barber fest und fügte eine weitere Notiz auf seinen Block an.

»Das wissen wir nicht, aber wann haben Sie ihn gesehen?«

Bill schien jetzt dem Superintendent freundlicher gesinnt. Er beantwortete die Frage erst nach einer Weile.

»Es war ein paar Tage nach dem Verbrechen, von dem alle sprachen«, sagte er schließlich.

»Können Sie ihn beschreiben?«

»Blond, wie Sie schon sagten, und jung, um die dreißig. Der hat hier nichts zu suchen«, fügte er völlig erregt an.

»War er schon einmal hier?«

»Ich glaube nicht.«

»Und den Mann auf dem Bild kennen Sie nicht?«

Mit dieser Frage wollte er den Butler testen. Wie zuvor verneinte Bill die Frage entschieden.

»Wir werden uns nochmals unterhalten müssen, aber für heute reicht es«, sagte Superintendent Barber zu Bill und stand auf.

»Sie können gehen, Bill«, antwortete Mildred auf seinen fragenden Blick hin.

Nachdem er das Wohnzimmer verlassen hatte, schloss der Superintendent die Tür hinter ihm zu. Er setzte sich wieder zu Mildred, wo das Bild auf dem Spiegeltisch lag.

»Was ist Ihnen beim Betrachten des Bildes durch den Kopf gegangen?«, fragte er sie neugierig.

»Das Bild eines toten Menschen berührt mich offensichtlich mehr, als ich gedacht habe«, gab sie zur Antwort.

Sie wirkte zerbrechlich.

»Ich frage Sie jetzt trotzdem, kennen Sie diesen Mann?«

»Nein, ich kenne ihn nicht.«

Er nahm das Bild vom Tisch und verstaute es in seine Mappe.

Sie kam sich vor, als würde sie verdächtigt.

»Ich habe Bill nach dem blonden Mann gefragt, haben Sie diesen Mann auch gesehen?«

»Nein, das habe ich nicht. Ich war erstaunt über diese Frage. Wer hat denn diesen Mann noch gesehen?«

»Frau Amanda Woodley.«

»Ach so«, entgegnete Mildred ohne weiteren Kommentar.

»Haben Sie von einem Zettel gehört, auf dem«, er blätterte in seinem Block zurück, »Lok Ku Road stand?«, fragte er sie.

Hatte er sich getäuscht, oder hatten sich ihre Gesichtszüge für den Bruchteil einer Sekunde verspannt?

»Das sagt mir nichts.«

»Das dachte ich mir, aber ich musste Ihnen trotzdem die Frage stellen. Sehen Sie, wir sind einem internationalen Handel mit antiken asiatischen Kunstwerken auf der Spur. Ob dieser Mann damit zu tun hatte, wird weltweit untersucht. Das Verbrechen könnte damit in Verbindung stehen. Eigenartig ist, dass ihn hier niemand kennt. Warum ist er gekommen? Entweder scheint es jemand mit der Wahrheit nicht so genau zu nehmen, oder ...«

Er ließ den Satz so stehen.

»Oder er war mit jemandem verabredet«, führte Mildred den Satz zu Ende.

»Eben, entweder direkt mit dem Mörder, der mit Ihrer Pistole geschossen hat, oder ein Komplize war beteiligt, zur Beschaffung der Waffe unter anderem. Das heißt, der eine oder

der andere hatte Kenntnis von Ihrer Waffe und vor allem Zugang zu Ihrem Haus«, sagte Superintendent Barber langsam. »Es wurde bei Ihnen ja nicht eingebrochen.«

Mit stechendem Blick beobachtete er Mildred.

»Warum trug der Mörder keine eigene Waffe?«, entgegnete Mildred.

»Der Mord war nicht geplant.«

»Dann brauchte es auch keinen Komplizen«, führte Mildred den Gedanken logisch weiter.

»Da haben Sie recht. Der Mord musste auf der Stelle organisiert werden, eine Waffe musste her. Hier sind wir wieder bei der Frage: Wer hatte Zugang zu Ihrem Haus und wusste, wo die Waffe lag?«

Mildred blickte ihn kopfschüttelnd an. Es fiel ihr nichts mehr ein.

»Sie sehen, es gibt noch viel zu tun«, gab der Superintendent mit einem tiefen Seufzer zu.

Vergeblich wartete er auf einen Hinweis von Mildred.

Er verabschiedete sich, nachdem sich Mildred nochmals für den Schock, den das Bild bei ihr ausgelöst hatte, entschuldigt hatte.

Nach dem Besuch von Superintendent Barber legte sich Mildred auf der Terrasse in ihren Liegestuhl. Die Sonne tat ihr gut. Sie schien erst seit Kurzem. Die Luft war frisch. Sie versuchte, ihre Gedanken mit den neuen Fakten zu ordnen. Auf ihre Bitte hin brachte ihr Kathleen einen erfrischenden Orangensaft. *Vitamine sind jetzt gefragt*, sagte sie sich.

Sie wusste nicht, womit beginnen. Der fremde blonde Mann? Sollte sie gleich Amanda anrufen? Nein, sie war um diese Zeit in London auf der Arbeit gewesen. Wer hatte ihre Pistole, ohne Fingerabdrücke zu hinterlassen, entwendet und wieder versorgt? Die Sache schien ihr immer unheimlicher. Sie überlegte, wer einen Schlüssel zu ihrem Haus hatte. Es war ja zum Glück nicht eingebrochen worden.

Ihre ganze Aufmerksamkeit galt jedoch diesem Bild. *Kenne ich diesen Mann?*, fragte sie sich unablässig und wühlte in ihrem Gedächtnis herum. Eine gewisse Ähnlichkeit mit einem Bekannten glaubte sie bemerkt zu haben. Vielleicht handelte es sich um eine Bekanntschaft ihres Mannes von früher. Superintendent Barber hatte mit seinen Überlegungen nicht unrecht. *Warum ist dieser Mann nach Livinfield gekommen? Hat Amanda etwa gelogen und kennt ihn? Hat sie eine Ahnung, wer der Mörder sein könnte? Und wenn Amanda die Mörderin ist?* Amanda hatte keinen Hausschlüssel von ihr. *Nein, so komme ich nicht weiter*, beschloss sie. Amanda hatte sich nach ihrer Bitte um den Zettel zwar merkwürdig benommen, beinahe aggressiv, aber sie tappte ebenfalls im Dunkeln. Das Bild dieses Gesichtes hatte sie unaufhörlich vor Augen. Den Rest des Nachmittags rätselte sie weiter herum, bis sie erschöpft einschlief. Kathleen weckte sie, als es kühler wurde.

Am selben Tag in Hongkong saß Gerald um neun Uhr in seinem Büro, allein. Es blieb ihm noch genau eine Stunde, bis Peter kommen würde. Er hatte sich über das Wochenende eine plausible Erklärung ausgedacht, warum er selber nächsten Montag die Ware nördlich von Hongkong abholen würde: Wenn das Objekt dieses Mal so furchtbar kostbar sei, fühle er sich verpflichtet, selber dafür zu sorgen, dass es heil in Hongkong eintraf. Das musste Peter einsehen.

Gerald ging in Gedanken nochmals den Ablauf der Aktion durch. Wai Kei war jeweils abends gegen neunzehn Uhr mit der Ware im grünen Haus erschienen. *Ich muss mich gegen Mittag auf den Weg machen, da die Fahrt für einen Weg etwa drei Stunden dauert*, überlegte Gerald. Die Übergabe spielte sich nach einem von ihm genau festgelegten Ritual und Zeitplan ab. Wai Kei hatte sich immer daran gehalten. Er war der perfekte Mitarbeiter gewesen. Er konnte die Wut von Peter nur zu gut verstehen. Gerald konzentrierte sich wieder auf den Ablauf. *Ted hat jeweils die Skulpturen von Wai Kei übernommen und sie direkt zum Frachtflughafen gebracht. In diesem Fall werde ich die Skulptur im Frachtflughafen abliefern.*

Eine Stunde später stürzte Peter herein.

»Wo ist Wai Kei?«, fragte er forsch, ohne Gerald zu begrüßen.

»Ich fahre«, erwiderte Gerald ebenso forsch und legte mit seinen Argumenten los. »Und im Übrigen bin ich der Leiter dieser ganzen Organisation. Nur ich entscheide, wer was zu tun und zu lassen hat«, beendete Gerald seine Ausführungen.

Peter konnte nichts dagegen einwenden. *Er*

hat recht, musste er zugeben. *Mit Gerald kann sicher nichts schiefgehen.*

Gerald hatte nicht damit gerechnet, dass Peter so schnell klein beigeben würde. Er hatte keine einzige Frage mehr gestellt.

Ein Glück, denn jede weitere Ausrede fiel ihm schwerer, sofern ihm überhaupt noch welche einfielen.

25

Peter war am nächsten Tag, Dienstag, dem achtundzwanzigsten Juli, früher als gewöhnlich aufgestanden und zu seinem Büro gefahren. Vom dreißigsten Stockwerk aus hatte er eine atemberaubende Aussicht über die Wasserstraße nach Kowloon hinüber. Eine Ferry hatte soeben Kowloon verlassen. Seine Augen blieben auf ihr haften, während seine Gedanken auf das Gespräch mit Gerald fokussiert waren.

Plötzlich klingelte das Telefon. Es war sieben Uhr.

»Welche Überraschung! Gut, dass ich heute früher gekommen bin«, rief er freudig ins Telefon.

Die Stimme am anderen Ende klang ungewöhnlich besorgt und erregt.

»Ist die Post schon weg?«

»Seit über zwei Wochen, wie geplant«, erwiderte er.

»Kann es sein, dass sie verschwunden ist?«

Die Aussicht interessierte ihn plötzlich nicht mehr.

»Hab ich richtig gehört?«, antwortete er überrascht.

Die Stimme unterbrach ihn hastig.

»Ja, du hast richtig gehört. Kann es sein?«

»Entschieden unmöglich«, entgegnete er.

»Dann bin ich erleichtert«, kam die kurze Antwort.

Er beendete das Gespräch mit einem Tastendruck.

Mit »Post« war ein Mann gemeint, »verschwunden« galt in ihrer Codesprache als tot. Er konnte sich an die kurze Mitteilung in der Tageszeitung erinnern. Ein Mann, angeblich aus Hongkong, war in England tot aufgefunden worden. Ermittlungen zur Tat und zur Identität des Opfers seien noch im Gange, hieß es. Dass es sich dabei um Brian handeln könnte, darauf wäre er nie gekommen. Wer sollte ihn schon in England töten wollen? In Livinfield? Und das mitten in der Nacht? Völlig absurd! *Niemand wusste, wann und wo er sich in diesen drei Wochen aufhalten würde, nicht einmal ich*, sagte er sich. Sein Blick schweifte zum Frachthafen hinüber, bevor er sich an seinen Schreibtisch setzte. *Niemand wird ihn in Hongkong vermissen*, überlegte er, *da er sich für drei Wochen verabschiedet hat.* Bei diesem Gedanken wurde er wieder unsicher. Erreichen konnte er ihn nicht, da er sein Mobiltelefon im Urlaub nie in Betrieb hatte. In diesen paar Wochen wollte er seine Ruhe, hatte er ihm gegenüber immer wieder betont. Den Rest des Jahres war er schließlich Tag und Nacht erreichbar. *Wir müssen diese Abmachung ändern, sobald er zurück ist*, entschied er. Er vertiefte sich wieder in seine Arbeit. Vergeblich, er konnte sich nicht mehr konzentrieren.

26

Am nächsten Tag saß Roxanne an ihrem Schreibtisch, als Ted erschien. Eine Stunde später verabschiedete er sich.

»Wann kommst du zurück, falls jemand nach dir fragt?«, fragte sie ihn freundlich und lächelte dabei.

Sie hatte sich an ihren Vorsatz gehalten, trotz aller Widrigkeiten freundlich und zuvorkommend aufzutreten.

»Gegen vierzehn Uhr, denke ich«, antwortete er. »Mach's gut«, fügte er zu ihrem Erstaunen an.

Meine Taktik scheint zu wirken, sagte sie sich mit Genugtuung. Durch das Fenster über dem Eingang vergewisserte sie sich, dass er mit seinem Wagen losfuhr.

Eifrig stieg sie die Treppe hinunter. In der Hand hielt sie eine Nagelfeile. Der Spalt in der Holzwand hatte ihr seit ihrer Entdeckung keine Ruhe gelassen. Wegen der brutalen Wutausbrüche von Ted und seines unberechenbaren Kommens und Gehens hatte sie die Wand nicht näher untersuchen können.

Jetzt war es endlich so weit. In der Ecke unter der Treppe suchte sie nach dem Spalt. Sie wusste noch ungefähr, auf welcher Höhe er sich befand. Gefunden! Sie führte die Nagelfeile hinein. Bis zu fünf Zentimeter tief konnte sie sie einführen. Jetzt bewegte sie die Feile im Spalt an der Wand entlang. Nach ungefähr einem Meter war Schluss. Nun suchte sie nach einer Ritze senkrecht zum Boden hinunter. *Das muss eine geheime Tür sein. Oder habe ich zu viele Kriminalromane gelesen?* Kritisch stellte sie sich diese Frage, während sie versuchte, die Feile unterhalb des Spaltes in senkrechter Stellung in die Holzplatte einzuführen. Erfolglos. Verbissen suchte sie die Wand ab. Endlich! Einen Meter über dem Boden konnte sie die Feile in eine Vertiefung des Holzes schieben. Sie setzte sich hin und untersuchte diese Stelle genau. Jetzt konnte sie den schmalen Schlitz von oben nach unten erkennen. Fast zuunterst fand sie einen kleinen metallenen Stift, der aus der Wand ragte. Er war etwa einen Zentimeter lang. Sie stand auf, trat ein paar Schritte zurück und betrachtete die Wand. Der Stift war nicht zu sehen, selbst wenn man wusste, wo er war.

Sie setzte sich wieder hin und griff nach dem Stift. Sie versuchte ihn nach oben zu drücken. Nichts geschah. Sie versuchte ihn nach rechts zu drehen. Das ging nicht. Nach links ging auch nicht. Vorsichtig zog sie daran. Es klickte, mehr geschah nicht. Tief atmend stand sie auf. Sie suchte nach einem zweiten Stift, oben. Sie war sicher, dass sie vor einer geheimen Tür stand. Ob die Truhe dahinter verborgen war? Mit Herzklopfen machte sie sich wieder an die Arbeit. Es dauerte eine Weile, bis sie auch den Stift im oberen Bereich gefunden hatte. Sie zog, es klickte. Die Holzwand öffnete sich einen Fußbreit zu ihr hin. *Eine Geheimtür, wie in Romanen*, dachte sie aufgeregt, während sie sie ganz öffnete.

Eine dunkle Kammer erschien. Ein Blick auf ihre Uhr beruhigte sie. Es war noch nicht elf. Ted sollte erst in drei Stunden zurückkehren. Trotzdem gab sie sich noch höchstens eine Stunde Zeit. Danach musste sie die Wand wieder schließen und oben weiterarbeiten. Sie griff nach der Taschenlampe, die im Flur an der Wand hing, und beleuchtete den Raum. Es verschlug ihr die Sprache. Tische, Stühle, Matratzen und Holzgestelle lagen wild durcheinander und übereinander. Schachteln und Bücher suchten nach einem Halt, halb in der Luft, halb auf dem Boden. Ein Golfschläger ragte zwischen einer Matratze und einem Stapel Stoff hervor. Mithilfe der Taschenlampe suchte sie die Wand nach einem Lichtschalter ab. Sie fand ihn, gleich neben der Tür. Sie betätigte ihn. Es wurde hell. Eine grell leuchtende Glühbirne hing an einem Draht von der Decke herab. Der Raum war klein, überfüllt und stickig. *Wo ist die Truhe?*, fragte sie sich. Sie sah sie nicht. Ein schmaler freier Pfad führte zu einer Tür im hinteren Bereich. Es fror sie. Mäuse? Sie durfte nicht daran denken. Sie musste sich überwinden. Sie knipste das Licht wieder aus. Vorsichtig, im Strahl ihrer Taschenlampe, schritt sie zu dieser Tür, am Chaos vorbei. Ein Schlüssel steckte im Schloss. Sie war nicht verriegelt. Sie stieß sie auf und stand vor einem dunklen, schmalen Gang. Im Lichtstrahl der Taschenlampe konnte sie erkennen, dass er steil nach unten führte. Sollte sie weitergehen? Ihre Nachforschungen waren ihr nicht mehr geheuer. Was, wenn Ted oder gar Gerald plötzlich auftauchten? Sie war zwischen Rückzug und weiteren

Nachforschungen hin und her gerissen. Mutig, aber zitternd stieg sie den Gang hinunter. Er wurde breiter. Sie ging weiter, bis sie vor einer metallenen Schiebetür stand. Mit aller Kraft stieß sie sie zurück. Versteinert blieb sie stehen. Der Raum bestand aus zwei Parkplätzen und einer weiteren Schiebetür. Ein Wagen stand vor ihr. Ein dunkler Kombi. Sie starrte auf die Nummer. BC 2743.

Stand sie vor dem Wagen von Wai Kei? Es fror sie. Sie kannte seinen Wagen nicht, denn sie hatte Wai Kei, wenn überhaupt, immer erst im Haus drinnen angetroffen. *Er muss jeweils durch diesen Durchgang gekommen sein*, überlegte sie. Der zweite markierte Parkplatz neben dem Kombi war leer. Ein dumpfes Brummen ließ sie erschaudern. Sie musste sich gleich hinter der Einstellhalle des zehnstöckigen Hauses befinden, überlegte sie. Sie versuchte die zweite Schiebetür zu öffnen. Sie war verriegelt. Der Eingang zum Parkplatz führte also durch die Tiefgarage von nebenan.

Hastig machte sie sich auf den Rückweg. Immer wieder blieb sie stehen. Totenstille. Ihr Magen verkrampfte sich, je mehr sie sich

der Geheimtür näherte. Ted könnte sie ein-
geschlossen haben, falls er schon zurück war.
Dieser Gedanke kam ihr erst jetzt. Sie spürte
kalten Schweiß auf ihrer Stirn. Mit weichen
Knien stieg sie den steilen Gang wieder hoch.
Außer Atem erreichte sie die Geheimtür. Sie
stand immer noch einen Spaltbreit offen.
Glück gehabt! Sie durfte nicht daran denken,
was hätte geschehen können. Sie stieß die
Wand in ihre ursprüngliche Position zurück
und stieg die Treppe hoch. Mit Herzklopfen
stand sie vor der Tür von Ted. Sie stand halb
offen. War sie nicht ganz offen gewesen? Totenstille. Mit dem Fuß stieß sie sie weiter auf.
Der Raum war leer. Mit letzter Kraft begab
sie sich in ihr Büro.

Eine Stunde später war Roxanne immer
noch alleine im Haus. Sie hatte sich wieder
einigermaßen gefasst und versuchte ihre Gedanken zu ordnen.

Wai Kei war scheinbar spurlos verschwunden, aber sein Wagen war hier. Was hatte sie
unten so durchgerüttelt? Die Truhe war ihr
als Erstes in den Sinn gekommen. *Befindet
sie sich in dem Durcheinander unten?*, fragte sie
sich. Gesehen hatte sie sie nicht. Gezielt da-

nach gesucht hatte sie aus Zeitgründen nicht. Sie überlegte weiter, was ihr speziell aufgefallen war. *Genau! Der Golfschläger!* Inspektor Chan hatte gefragt, ob Ted oder sie Golf spielten. *Seltsam*, hatte sie damals gedacht. Weiter hatte sich der Inspektor nach einem Autokennzeichen mit BC und 4 erkundigt. Die Nummer des Wagens war BC 2743. Sie hatte sich diese Nummer gemerkt und nach ihrer Rückkehr gleich in ihre Agenda notiert, neben dem Datum vom dritten August. Zwei Fragen des Inspektors konnte sie nun beantworten. Warum hatte Ted den Inspektor voll angelogen, als es um die Truhe, den Golfschläger und den Wagen ging?

Waren die Anzeigen in der Zeitung gar nicht so falsch?, fragte sie sich erregt. *Kommt Wai Kei wieder?*

27

Am selben Tag war Sue mit Gerald zum Nachtessen verabredet. Sie hatte Pamela gebeten, sie zu begleiten.

»Wir werden im Satay King in der Ashbey Road in Kowloon essen. Kommst du mit?«

»Ich habe zu Hause einiges zu erledigen«, antwortete Pamela, »ich kann leider nicht mitkommen.«

»Ihre Currygerichte sind ausgezeichnet«, versuchte Sue sie umzustimmen.

Pamela überlegte kurz. Es wäre eine Gelegenheit, Gerald wiederzusehen. Er musste eine gehörige Wut auf sie haben seit Stanley. Ihre Fragen nach Freunden in London und nach der Frau mit den schwarzen Haaren hatten ihn rasend gemacht, von seiner Festnahme gar nicht zu sprechen. Sie musste vorsichtig sein. Beweise, dass Gerald einer der beiden Mörder war, hatte sie nicht. Sie wusste hingegen, dass er die Frau kannte, die im grünen Haus ein und aus ging. War er auch manchmal dort?

Aufgrund dieser Überlegungen versprach

sie Sue, kurz gegen zwanzig Uhr vorbeizu-
schauen.

Pamela hatte danach Arthur angerufen und
ihm von ihrem Vorhaben erzählt.

»Ich werde heute Abend in der Lobby des
Hotel Kowloon auf dich warten. Du weißt, es
ist bei der Ashbey Road gleich um die Ecke«,
sagte Arthur. »Und pass bloß auf«, riet er ihr.

Gegen neunzehn Uhr machte sich Pamela
auf den Weg in die Ashbey Road. Sie nahm
die Untergrundbahn. In Kowloon angekommen, rief sie Arthur an.

»In fünf Minuten bin ich in der Ashbey
Road«, teilte sie ihm mit.

»Ich sitze schon in der Lobby des Hotels.
Nochmals, pass auf dich auf, und bis später.
Ich weiche nicht von der Stelle, bis du da bist!«

Pamela suchte das kleine Fast-Food-Lokal in
der Ashbey Road auf. Sie setzte sich an einen
Tisch im Hintergrund und bestellte ein Mineralwasser. Durch das große Fenster konnte
sie dem Treiben auf der schmalen Straße pro-
blemlos folgen. Es dauerte zehn Minuten, bis
sie Sue auf der anderen Straßenseite erblickte.
In schnellen Schritten ging sie auf den Satay
King zu. Weitere fünf Minuten später tauchte

Gerald auf. Regungslos starrte sie ihn an. Sein zerknirschtes Gesicht und sein schwerfälliger Gang ließen sie erschaudern. Seine Dynamik schien ihm völlig abhandengekommen zu sein. Kein Vergleich zu früheren Zeiten. *Seit wann eigentlich?*, fragte sie sich, während er aus ihrem Blickfeld verschwand. Sie strengte sich an. Seit dem Ausflug an die Repulse Bay, genau vier Tage nach dem Verbrechen. *Das kann nicht nur Zufall sein*, war sie sich sicher. *Arme Sue! Hoffentlich benimmt er sich!*

Pamela bezahlte das Mineralwasser und suchte Arthur in der Hotellobby auf. Er wirkte angespannt. Eine Tageszeitung lag aufgeschlagen vor ihm auf dem Tisch.

»Ich habe Sue und Gerald gesehen. Sie müssen jetzt im Restaurant sein. Freudig sah Gerald nicht aus, ich bin erschrocken«, erzählte sie.

»Wenn er in das Verbrechen verwickelt ist, ist es kein Wunder«, erwiderte er. »Komm, setz dich, du willst nicht jetzt schon zu ihnen, oder?«

Pamela setzte sich. Eine richtige Konversation war nicht möglich. Sie waren beide zu aufgeregt. Zur Erheiterung erzählte Pamela von der Truhe, die sie vor fast einer Woche auf dem Temple-Street-Markt erstanden hatte. Sie erwähnte die seltsame Begegnung mit der Frau. Mit erhobenen Augenbrauen musterte Arthur Pamela.

»War es die Frau von dem grünen Haus?«

»Daran habe ich nicht gedacht«, sagte sie langsam und zückte ihren Fotoapparat aus der Handtasche.

Nach diversen Tastenschlägen erschien das gesuchte Bild. Die Frau war von hinten zu sehen, mit ihren langen Haaren und der schmalen Taille.

»Es könnte sein, dass es diese Frau war, es könnte aber auch eine andere Frau gewesen sein. Es war zu dunkel, und sie trug ihre Haare hochgesteckt«, antwortete sie beim Betrachten des Bildes.

»Ich geh jetzt zum Satay King«, sagte sie weiter und erhob sich. »Ich kann nicht mehr stillsitzen. Ich bin so gespannt auf Geralds Reaktion.«

Sie nahm den gleichen Weg zurück, am Fast Food vorbei, und erreichte nach wenigen Minuten das Restaurant. Sie ging hinein und fragte die herbeieilende Angestellte, ob sie einen Blick in den Saal werfen dürfe. Sie suche eine Freundin.

Chinesische Familien mit Kindern saßen um große Tische, Pärchen unterhielten sich an kleineren Tischen und genossen sichtlich die bunten Gerichte. Sie schaute sich nach links um, dann nach rechts. Sie sah sie. Mit Herzklopfen ging sie zum Tisch hin und begrüßte Sue. Sue bat sie, sich zu ihnen zu setzen.

»Nein, nein, ich muss gleich weiter«, erwiderte Pamela und drehte sich zu Gerald hin.

Gerald Gesichtsausdruck war immer noch derselbe. Pamela ließ sich nichts anmerken und begrüßte ihn.

Köstliche Currygerichte lagen auf Wärmeplatten zwischen ihnen.

»Wie geht es dir?«, fragte sie Gerald, während sie innerlich zauderte.

Gerald riss sich zusammen.

»Gut, danke«, war seine knappe Antwort.

»Ich habe eben Gerald von unserem Abend in der Temple Street erzählt«, sagte Sue freudig.

»Das war wirklich ein gelungener Abend«, entgegnete ihr Pamela. »Ich habe heute an einem interessanten Bericht gearbeitet. Ich erzähl es dir ein anderes Mal. Ich muss jetzt weiter. Ich wünsche euch einen schönen Abend.«

Zu Sue sagte sie noch: »Wai Kei wird wiederkommen!«

Sue lachte. Sie hatten sich über die Anzeige lustig gemacht. Seither war eine weitere Anzeige erschienen mit den Worten »Wai Kei kommt«. Gerald verschluckte sich. Laut hustend versteckte er sein Gesicht in der Serviette. Betroffen musterten sie ihn. Er rang nach Luft und hustete weiter. Sue hielt ihm sein Glas mit Wasser hin. Pamela blieb stehen. Sie wusste nicht, was sie tun sollte – gehen und Sue in dieser misslichen Situation allein mit ihm zurücklassen? Sie beschloss zu warten, bis es Gerald besser ging.

Der Blick von Gerald, als er sich beruhigt hatte, galt nur Pamela. Eine Mischung aus Hass und Angst.

Als sie wieder draußen war, atmete sie tief durch. Gut, dass Arthur in der Nähe war. Sie eilte förmlich zu ihm und drehte sich dabei immer wieder um. Niemand verfolgte sie. Davor hatte sie Angst gehabt. Er hätte dieses

Mal ohne Probleme das Restaurant verlassen können, Sue war ja da.

Außer Atem ließ sie sich auf den Stuhl neben Arthur fallen.

»Was ist geschehen?«, fragte er schockiert.

»Zu Sue habe ich scherzend gesagt: ›Wai Kei wird wiederkommen‹, wie es kürzlich in der Anzeige stand! Du hättest Gerald sehen müssen! Erst hat er sich brutal verschluckt und gehustet, und dann sein Blick!«

»Was meinst du damit?«

»Pure Angst!«

»Seltsam«, meinte er langsam.

»Ich habe dir erzählt, dass ich vor zwei Tagen eine Truhe gekauft habe. An einer Seitenwand im Innern der Truhe waren Buchstaben zu erkennen. Mit der Lupe konnte ich KEI oder KEL und WAT entziffern. Könnte es auch WAI KEI sein? Es ist ein männlicher Vorname, gemäß Sue. Ist es etwa der Name des Opfers, das in einer Truhe weggetragen wurde? Vielleicht hast du recht und die Frau, die mir die Truhe abkaufen wollte, ist die Frau des grünen Hauses. Wenn diese Annahmen stimmen, besteht ein Zusammenhang zwischen Wai Kei, Gerald, der Truhe, den Zeitungsanzeigen und der Frau«, sagte Pamela in einem Atemzug und starrte Arthur erwartungsvoll an.

»Es scheint mir sehr unwahrscheinlich, dass du ausgerechnet diese Truhe hast. Warum stand sie zum Verkauf? Das wäre völliger Irrsinn, falls sie wirklich für das Verbrechen benutzt worden ist. So dumm sind keine Mörder! Es sei denn, es waren Anfänger. Das könnte für Gerald sprechen, aber ich halte ihn definitiv für intelligenter. Dass die Worte Wai Kei, falls es sich wirklich um diese Buchstaben handelt, in der Truhe eingeritzt sind, mag sein, dass sie sich aber auf die Anzeigen beziehen sollen, ist sehr unwahrscheinlich. Es wären zu viele Zufälle. Zudem liegt das Verbrechen schon fünf Wochen zurück. Die erste Anzeige ist erst am Montag, den zwanzigsten Juli erschienen, das heißt vor neun Tagen. Warum erst dann, frage ich mich. Was sollte mit diesen Anzeigen bezweckt werden? Abgesehen davon hätte sich Gerald vielleicht auch ohne deine Bemerkung verschluckt.«

»Deinen Überlegungen kann ich folgen«, erwiderte Pamela, »aber in einem Punkt irrst du dich. Der alte Mann wollte mir die Truhe nicht verkaufen. Sein Geschäft bestand aus Münzen und Medaillen, nicht aus Möbeln. Sue hatte ihn schließlich dazu überreden können.«

»Heute kommen wir zu keinen gescheiten Ergebnissen mehr«, sagte Arthur seufzend und schlug vor, eine Kleinigkeit im Hotelrestaurant zu essen.

Wenig später verabschiedeten sie sich voneinander.

28

Zu Hause angekommen, ließ sich Pamela erschöpft auf ihre Couch fallen. Warum hatte Gerald so heftig reagiert? Die Bemerkung hatte nur Sue gegolten. Mit Gerald hatte das nichts zu tun. Offensichtlich weit gefehlt! Sie konnte es nicht fassen. Im Gegensatz zu Arthur war sie sicher, dass es zwischen den Anzeigen und Gerald einen Zusammenhang gab, wer auch immer dieser Wai Kei war.

Pamela beschloss einmal mehr, Mildred beizuziehen. Nach einem kurzen Blick auf die Tischuhr wählte sie ihre Nummer.

»Guten Morgen, Mildred, ich hoffe, ich hab dich nicht geweckt!«

»Ach, du bist es«, sagte Mildred mit müder Stimme. »Was gibt es Neues?«

»Ich glaube, ich bin einem der Täter auf der Spur«, antwortete Pamela ganz aufgeregt.

Sie schilderte Mildred, wie sie die Truhe gekauft hatte und eingeritzte Buchstaben im Innern gefunden hatte. Weiter erzählte sie von den Zeitungsanzeigen, die sich immer auf einen Wai Kei bezogen.

»Lass das bloß sein!«, erwiderte Mildred mit schriller Stimme. »Es ist einzig Sache der Polizei, solche Fälle aufzuklären!«

»Aber mein Beinaheunfall, der verschwundene Brief und nun diese Truhe mit den Buchstaben sind doch seltsam. Ich forsche weiter!«

»Nein!«, stieß Mildred nochmals aus. »Ich will nicht, dass dir etwas passiert«, fügte sie als Erklärung für ihre forsche Reaktion an.

»Wenn es dir lieber ist, gehe ich nochmals zur Polizei«, warf sie Mildred an den Kopf.

Zu ihrer Überraschung hörte sie wieder Mildreds hysterisches »Nein!«.

»Beruhige dich, ich werde gar nichts mehr tun«, schrie nun Pamela durch die Leitung.

Es hatte keinen Sinn, weiter zu argumentieren. Mildred war heute gegen alles ...

»Ich hab es nicht so gemeint«, versuchte sich Mildred zu entschuldigen. »Ich werde meine Schlafstörungen nicht los. Du weißt, ich hab immer wieder solche Phasen.«

Pamela beendete das Gespräch völlig aufgebracht.

Schlafstörungen! Sie scheint ganz andere Störungen zu haben!

29

Pamela war froh, dass endlich Freitag war. Der Vorfall mit Sue und Gerald vor zwei Tagen und das anschließende Telefongespräch mit Mildred beschäftigten sie. Wie lästige Fliegen schwirrten ihre Gedanken in ihrem Kopf umher. Sie hatte Mühe, sich auf ihre Arbeit zu konzentrieren. Am Computer fiel ihr Blick immer wieder auf das Kästchen mit dem Datum. Freitag, einunddreißigster Juli, stand dort. Vielleicht hatte Mildred recht. Es könnte gefährlich werden. Sie beschloss, die Polizei aufzusuchen.

Es war fünf Uhr abends, als sie in dem kleinen Polizeiposten demselben Inspektor wie damals nach der Tat von ihrer Truhe erzählte. Dieser hörte erst ohne großes Interesse zu, während er ein Formular studierte, das er in der Hand hielt. Als sie von den Buchstaben und den Zeitungsanzeigen sprach, blickte er sie plötzlich scharf an.

»Setzen Sie sich«, forderte er sie auf und zeigte auf den einzigen Stuhl am langen

Schreibtisch. Er nahm im Ledersessel hinter dem Pult Platz und beugte sich zu ihr hin.

»Sie haben also Buchstaben im Innern der Truhe gefunden, wenn ich Sie recht verstehe?«

»Ja.«

»Wo haben Sie die Truhe gekauft?«

»Am Nachtmarkt in der Temple Street, bei einem Händler, der Münzen und Medaillen verkauft.«

»Er hat Ihnen die Truhe verkauft?«

»Er wollte sie nicht verkaufen. Er hat sie als Schrank für einige seiner Medaillen gebraucht.«

»Und warum haben Sie sie trotzdem?«

»Meine Freundin konnte ihn auf Kantonesisch überzeugen, dass er sie hergibt.«

»Warum wollten Sie genau diese Truhe?«

»Sie hat mir so gut gefallen mit dem großen Messingschloss. Das Holz des Deckels ist zwar so verzogen, dass sie sich nicht mehr schließen lässt, aber trotzdem oder gerade deshalb wollte ich sie haben. Eine antike Truhe! Wir haben dafür einen hohen Preis bezahlt«, erzählte Pamela geduldig.

»Ich will die Truhe sehen«, sagte er scharf und stand auf.

»Sie steht bei mir im Wohnzimmer«, sagte Pamela, während sie sich ebenfalls erhob.

»Gehen wir, mein Wagen steht gleich vor der Tür.«

Schweigend begutachtete der Inspektor die Truhe mit einer starken Lampe und einem Vergrößerungsglas erst von außen, danach von innen. Kopfschüttelnd betrachtete er die Buchstaben. Nach langen fünfzehn Minuten blickte er endlich auf. Pamela atmete tief durch und fixierte ihn voller Erwartung.

»Ich muss die Truhe zu weiteren Abklärungen mitnehmen. Ich bringe sie Ihnen in ein paar Tagen zurück.«

»Was soll denn abgeklärt werden?«

»Die üblichen Untersuchungen, damit uns nichts entgeht«, antwortete er forsch.

»Ist Ihnen noch etwas aufgefallen? Besteht ein Zusammenhang mit dem Mord an der Lok Ku Road?«, wollte Pamela wissen.

Der Inspektor betrachtete sie mit argwöhnischem Blick.

»Wir haben keine Hinweise auf einen Mord.«

Zusammen trugen sie die Truhe hinunter und schoben sie durch die Hecktür in den

Wagen. Dankend und ohne weitere Kommentare verabschiedete er sich.

Kein Mord? Was meint er damit? Und was ist mit meiner Truhe? Ein ungehobelter Typ, dieser Inspektor!

30

Am Samstag, dem ersten August, saß Peter in seinem Büro. Brian musste jetzt in Hongkong zurück sein. Der Anruf vor vier Tagen hatte ihn mächtig durchgerüttelt. Unaufhörlich suchte er nach Gründen, warum der Tote Brian sein sollte. Er hatte Peter seine Pläne für die erste Ferienwoche geschildert. Mit einem Mietwagen würde er nach Schottland fahren. Auf Edinburgh und auf die steilen Klippen der Küsten im Norden hatte er sich besonders gefreut. Für die weiteren zwei Wochen hatte er noch keine Pläne geschmiedet. Das war typisch für Brian. Seine Freiheit war ihm das Wichtigste. Die wollte er in vollen Zügen genießen.

Er konnte nicht der Tote von Livinfield sein. Warum wäre er nach Livinfield gegangen und wie? Von einem Mietwagen war nie die Rede gewesen, oder doch? Zudem sollte es mitten in der Nacht geschehen sein, soviel er wusste. *Ich will dies abklären, falls ich Brian heute Abend nicht am Telefon erreiche*, beschloss Peter und kritzelte eine Notiz in seine Agenda. Wer hätte Brian schon erschießen sollen und warum? Und das noch nachts? Es machte keinen Sinn. Und doch war er verunsichert. In zwei Tagen hatte Brian einen wichtigen Auftrag zu erfüllen.

Um fünf Uhr abends wählte Peter die Mobiltelefonnummer von Brian. Es kamm keine verbindung zustande. Er wählte nun seine Festnetznummer. Es klingelte. Nach drei Minuten gab er es auf. Nervös schritt er in seinem Büro auf und ab. Eine Stunde später wählte er wieder Brians beide Nummern. Wieder nichts.

Er rief nach England an. Das Gespräch dauerte nur wenige Minuten. Seine Frage nach einem Mietwagen war entschieden verneint worden. Es war kein Mietwagen im Spiel. Die Tat sollte ziemlich genau um Mitternacht vollbracht worden sein. Die Identität des Mannes sei weiterhin nicht restlos geklärt, nur dass er aus Hongkong stammen solle, wurde ihm mitgeteilt.

»Hat denn Brian jetzt einen Bart?«, wurde er gefragt.

»Brian ist immer glatt rasiert«, antwortete er. »Es kann nicht Brian sein«, sagte Peter weiter,

»obschon ich ihn heute noch nicht erreichen konnte.«

Nach dem Gespräch lehnte er sich in seinem Ledersessel zurück. Er war beruhigt. *Brian war es nicht. Er war wahrscheinlich um diese Zeit am Einkaufen. Ich ruf ihn morgen nochmals an*, befand er, während er sich dem Stapel Akten auf seinem Schreibtisch zuwandte.

In dieser Nacht wachte Peter schweißgebadet auf. Er hatte Brian vor seiner Abreise kurz getroffen. Ein Detail war ihm unangenehm aufgefallen. Der Dreitagebart! Er passte nicht zu ihm ...

31

Mildred war zu Hause und wartete sehnlichst auf einen Anruf. Es war Sonntag, der zweite August. Statt des Telefons klingelte es an der Haustür. Einige Minuten später betrat Kathleen, gefolgt von Superintendent Barber, das Wohnzimmer.

»Guten Morgen, Frau Brass, es tut mir leid, dass ich Sie heute störe. Ich habe noch ein paar dringende Fragen an Ihren Butler. Ist er da?«

»Ah, Superintendent Barber, setzen Sie sich«, sagte Mildred verärgert und beauftragte Kathleen, Bill zu holen. »Ich lasse Sie allein mit ihm und gehe ins kleine Wohnzimmer«, sagte sie und eilte zur Tür.

»Nein, nein, bleiben Sie hier! Vielleicht haben Sie auch einige Fragen anzufügen.«

»Das glaube ich nicht, ich kenne doch Ihre Fähigkeiten«, antwortete sie, während sie die Türschwelle betrat.

»Ich will, dass Sie dabei sind, setzen Sie sich wieder!«

Widerwillig kam Mildred zurück. *Was fällt ihm ein!* Sie wartete auf einen wichtigen Anruf, der definitiv nicht für seine Ohren bestimmt war.

Endlich tauchte Bill auf. Er trug braune Latzhosen über einem grauen Hemd. Sein Gesicht wirkte grau wie sein Hemd.

Mürrisch stand er im Türrahmen.

»Ich soll kommen?«

»Bill, ich möchte Ihnen noch ein paar Fragen stellen. Kommen Sie herein und setzen Sie sich.«

»Ich habe Ihnen schon ein paar Mal erzählt, dass ich nichts weiß«, entgegnete Bill, ohne auf Fragen des Superintendenten zu warten.

»Am Freitag haben Sie behauptet, nichts von einer Pistole zu wissen. Drei Tage später sagten Sie: ›Ja klar weiß ich, dass Frau Brass eine Pistole hat. Sie liegt in der mittleren oberen Schublade des Sekretärs.‹ Was sagen Sie dazu?«

»Weiß ich nicht«, war, wie schon oft, seine Antwort.

»Seit wann wussten Sie, dass dort eine Pistole liegt?«

Auch auf diese Frage erhielt der Superintendent keine brauchbare Antwort.

244

Mildred stöhnte. Der sehnlichst erwartete Anruf ließ weiter auf sich warten. Was war nur los! Und jetzt noch dieses unnütze Verhör. Bill hatte doch mit dem Ganzen nichts zu tun. Genervt hing sie ihren Gedanken nach, als sie wenig später mit Staunen wahrnahm, dass Bill unaufhörlich am Reden war.

Superintendent Barber hatte ihn aufgefordert, von seiner Kindheit zu erzählen. Damit wollte er dem seltsamen Benehmen Bills auf den Grund gehen.

Mildred hörte, wie Bill liebevoll von seinem Vater erzählte. Bis der Vater eines Tages nicht von der Arbeit nach Hause gekommen war. Sie hatten nach ihm gesucht, er und seine Mutter. Blutend hatten sie ihn auf der Straße liegend gefunden. Er war erstochen worden. Ein Notarzt hatte nur noch den Tod feststellen können.

Der Fall hatte damals, vor vierzig Jahren, für großes Aufsehen gesorgt. Der Superintendent konnte sich noch gut daran erinnern. Er war fünfundzwanzig Jahre alt gewesen. Es hatte sich herausgestellt, dass die Brüder des Vaters, die Bauern waren, ihn erstochen hatten. Der Grund war ein Acker gewesen, den die beiden Bills Vater abkaufen wollten. Damit hätten sie ein umfangreiches, zusammenhängendes Stück Land gehabt. Bills Vater hatte nie eingewilligt. Der Streit war über die Jahre eskaliert. Erst mit dem Verbrechen hatte er ein Ende gefunden.

Bill erzählte, wie die beiden Männer bei ihnen zu Hause an der Tür geklingelt hatten. Seine Mutter war in die Küche geflüchtet und hatte sich nicht mehr gerührt. Durch das kleine Fenster im ersten Stock hatte er seine beiden Onkel draußen vor der Tür stehen sehen. Er hatte sie nicht aus den Augen gelassen, bis sie endlich verschwunden waren. Zwei Stunden später, nachdem der Vater immer noch nicht da war, hatte er sich mit seiner Mutter auf die Suche nach ihm gemacht und ihn gefunden.

»Das war die Rache für den Mord an meinem Vater«, beendete Bill zufrieden seine Schilderung.

Der Superintendent und Mildred schauten ihn verdutzt an.

»Was meinen Sie damit, Bill?«

»Der kam zum Töten«, antwortete Bill mit fester Stimme.

»Sie haben den Mann am zehnten Juli mitten in der Nacht erschossen«, wiederholte der Superintendent und ließ Bill nicht aus den Augen.

Bill schwieg. Superintendent Barber versuchte, ihn wieder zum Reden anzuspornen.

»Sie haben es klingeln hören, die Pistole aus dem Sekretär geholt, sind zur Tür gegangen und haben den Mann erschossen«, fasste er die Schilderung des Butlers zusammen.

»Es hatte geklingelt«, bestätigte Bill, »ich hab die Tür geöffnet. Ein Mann stand im Dunkeln. Er wollte zu Frau Brass. Ich habe ihm gesagt, er solle warten. Ich bin ins Wohnzimmer gegangen und hab die Pistole aus der Schublade genommen. Mit der Pistole im Hosensack bin ich zu ihm zurückgeeilt. Frau Brass würde ihn morgen um zehn Uhr empfangen, hab ich ihm gesagt und die Tür leise geschlossen. Ein paar Minuten später habe ich mich aus dem Haus geschlichen, nachdem ich mich vergewissert hatte, dass Kathleen in der Küche mit Geschirr und Gläsern beschäftigt war. Vom Tor aus konnte ich sehen, dass der Mann die Straße in Richtung Bahnhof hinunterschritt. Ich habe ihn verfolgt und auf ihn geschossen. Torkelnd ist er in den Garten der Frau, die dort unten wohnt, eingebogen. Danach bin ich hierher zurückgerannt und habe die Pistole wieder versorgt. Frau Brass und die Gäste saßen immer noch bei lauter Unterhaltung draußen am Tisch. Kathleen war weiterhin mit dem Stapel Geschirr beschäftigt. Niemand schien etwas gehört zu haben. Mit meinem Fahrrad bin ich danach nach Hause gefahren«, schilderte Bill die Ereignisse dieser Nacht.

»Sie haben also den Mann erschossen?«, wollte sich der Superintendent nochmals vergewissern.

»Ja!«

»Kannten Sie diesen Mann?«

Mildred beugte sich neugierig nach vorn und starrte gebannt auf Bill.

»Nein«, antwortete er mit gleichgültiger Stimme.

»Warum haben Sie ihn dann erschossen?«

»Er hatte an diesem Abend ein paar Mal angerufen, aber nie seinen Namen genannt«, erzählte Bill. »Als er dann gegen Mitternacht klingelte, habe ich an meinen Vater gedacht. Das musste einer von der Sippe meiner Onkel sein. Ich wusste, der kommt, um mich zu töten, denn das Grundstück ist seit dem Tod meines Vaters weiterhin in meinem Besitz. Er musste eliminiert werden. Das hätten wir vor vierzig Jahren tun sollen, die Onkel erschießen. Mein Vater wäre nicht ermordet worden.«

Der Superintendent und Mildred blickten sich wortlos an.

»Der Mann war ein Chinese. Warum sollte ein Chinese Sie töten?«

»Als Tarnung haben sie einen Chinesen hierher geschickt«, erklärte Bill in abschätzigem Ton. »Die sind zu allem fähig!«

»Warum sollte sich ein Mörder vorgängig per Telefon anmelden?«

»Der wollte wissen, ob ich wirklich bei Frau Brass arbeite.«

»Warum wussten Sie, dass es der Mann war, der angerufen hatte?«, wollte der Superintendent wissen, der noch um Fassung rang.

»Weil er gesagt hatte, er würde nicht vor dreiundzwanzig Uhr kommen.«

»Warum haben Sie den Mann auf dem Bild nicht erkannt?«

»Es war dunkel und sein Gesicht hat mich

nicht interessiert«, antwortete er mit gleichgültiger Stimme.

»Warum waren keine Fingerabdrücke von Ihnen auf der Pistole?«

»Ich habe sie mit meinem Taschentuch angefasst.«

»Seit wann wussten Sie, dass sich in dieser Schublade eine Pistole befand?«

»Ich habe gesehen, wie Frau Brass sie einmal aus der Schublade genommen hat, sie betrachtet hat und wieder versorgt hat.«

Während Bill mit sich und der Welt zufrieden wirkte, ging es Mildred ganz anders. Ihr war fast schlecht.

»Der Mann hat mehrmals angerufen, sagten Sie. Warum haben Sie mich nicht gerufen?«, fragte Mildred.

»Sie hatten keinen Anruf erwartet«, antwortete er postwendend.

»Wie können Sie wissen, wann ich einen Anruf erwarte?«, fragte sie empört.

»Alle Ihre Gäste waren da«, sagte er. »Während Ihrer Feier würde Sie sicher niemand anrufen. Es wäre unhöflich gewesen, oder etwa nicht?«

Fassungslos musterte sie Bill.

»Haben Sie an diesem Abend außer Ihren Gästen einen Mann erwartet, Frau Brass?«, wollte der Superintendent wissen und wandte sich ihr zu.

»Nein, ich habe niemanden erwartet, auch keinen Anruf«, sagte sie langsam.

Sie versuchte, ihre Panik zu verbergen. *Hoffentlich kommt der Anruf nicht, den sie so sehr erwartete, flehte sie nun zum Himmel.*

Beim Anblick von Mildred entschied Superintendent Barber, das Gespräch abzuschließen.

Er zückte sein Mobiltelefon und rief seinen Mitarbeiter, Inspektor Miller, an, er solle gleich hierher kommen.

»Bill, mein Kollege wird gleich hier sein und Sie zur Protokollaufnahme mitnehmen«, sagte er zum Butler.

»Sobald Inspektor Miller Bill abgeholt hat, unterhalten wir uns nochmals.«

Diese Worte galten Mildred.

Werde ich ihn heute denn nicht mehr los?! Mildred war verzweifelt. Sie musste jetzt allein sein, retten, was noch zu retten war …

Endlich kam Inspektor Miller, ein sympathischer, hochgewachsener Mann mittleren Alters mit dichtem braunem Haar, schmalem Gesicht und lebhaften Augen.

Erst begrüßte er Mildred freundlich, danach wandte er sich seinem Vorgesetzten zu.

»Ich soll Herrn Bill Partridge zu unserer Polizeistation fahren, ist das korrekt?«

»Genau, ich komme in einer halben Stunde nach.«

Mildred und der Superintendent saßen danach wieder um den eleganten Spiegeltisch im Wohnzimmer.

»Eine unglaubliche Geschichte! Ich habe schon viel erlebt, aber so was noch nie! Einen Mann erschießen, ohne zu wissen, wer er ist – unfassbar!«, fasste der Superintendent kopfschüttelnd die Situation zusammen.

Mildred schwieg.

Nach einer kurzen Pause sprach er weiter.

»Nachdem wir nun wissen, wer der Täter ist, wenden wir uns dem Opfer zu.«

Dabei beobachtete er Mildred mit durchdringendem Blick.

»Wir wissen heute mit Sicherheit, wer das

Opfer ist«, fuhr er fort. »Vor zwei Stunden habe ich die Bestätigung erhalten. Es handelt sich tatsächlich um einen Bürger von Hongkong. Ich habe Ihnen letztes Mal gesagt, dass wir einem Kunsthandel zwischen Hongkong und England auf der Spur sind. Dieser Mann hatte damit zu tun. Seit vier Jahren soll er regelmäßig zwischen Hongkong und London unterwegs gewesen sein«, sprach er weiter. »Warum er nach Livinfield gekommen ist, ist noch unklar. Unseren Ermittlungen nach kannte ihn niemand hier.«

Er wartete auf eine Reaktion. Sie schwieg. Unbeirrt setzte er seinen Monolog fort.

»Ich bin überzeugt, dass Bill die Wahrheit gesagt hat und den Mann nicht kannte. Jetzt erklären Sie mir, warum dieser Mann Ihre Telefonnummer und Ihre Adresse kannte.«

Sie schwieg, seinem eiskalten Blick ausweichend.

»Ich warte auf Ihre Erklärung«, wiederholte der Superintendent, der langsam die Geduld verlor.

»Haben Sie Beweise, dass der Tote derjenige Mann ist, der angeblich angerufen hat?«, fragte Mildred schlagfertig.

Der Superintendent ging nicht auf ihre Bemerkung ein. Er beugte sich zu ihr hin und fragte mit leiser Stimme: »Wollen Sie nicht wissen, wer er ist?«

Sie sagte kein Wort.

»Er heißt Brian Lee.«

Mildred sackte unmerklich in ihrem Sessel zusammen. Ihre blasse Gesichtsfarbe wich nun einem fahlen Grau.

Der Superintendent erhob sich, verabschiedete sich kurz und schritt allein aus dem Haus.

In seinem Wagen wählte er nochmals die Nummer von Inspektor Miller.

»Schicken Sie sofort zwei Mitarbeiter zur Beobachtung des Hauses von Frau Brass und veranlassen Sie, dass sämtliche ein- und ausgehenden Anrufe überwacht werden. Frau Brass soll das Haus nicht verlassen.«

Er wartete, bis ein weißer Toyota mit zwei Männern in Zivil unweit des Hauses parkte.

Seine Gedanken waren nun wieder bei Bill. Als Erstes musste das Protokoll mit dem Geständnis des Butlers aufgenommen und unverzüglich den Kollegen nach Hongkong zugestellt werden. Danach würde er sich mit Bill abgeben müssen.

Er bereitete sich auf einen unangenehmen Nachmittag vor.

An diesem Tag hatte Peter mehrmals versucht, Brian zu erreichen. Wieder nichts. Er beschloss, ihn zu Hause aufzusuchen. Die Tür war verriegelt, wiederholtes Klingeln war vergeblich. Er war nicht da oder er schlief noch, überlegte er. Es musste am Jetlag liegen. Alles andere wäre eine Riesenkatastrophe ...

32

Am nächsten Morgen, Montag, den dritten August rief Peter Gerald an.

»Ich fahre in etwa einer Stunde«, verkündete Gerald. »Ich nehme an, du wolltest mich daran erinnern, dass ich heute den Auftrag übernehme.«

Peter schluckte leer.

»Ich erreiche Brian nicht, und das seit drei Tagen«, sagte Peter mit erstickter Stimme, ohne auf Geralds Bemerkung einzugehen.

»Du musst ihn finden. Er muss die Ware nach England mitnehmen.«

»Ich weiß!«

»Wir könnten die Ware einen Tag lang bei uns lagern, aber die Organisation des Fluges wird so schnell nicht möglich sein«, überlegte Gerald laut, während er krampfhaft nach einer Lösung suchte. »Das kommt also nicht infrage«, führte er seinen Gedanken zu Ende.

Von Peter kam keine Hilfe.

»Bist du noch da?«

»Ja, aber ich sehe keine Lösung ohne Brian.«

»Oder wir bewahren diese Lieferung bis zum

nächsten Flug in etwa sechs Wochen bei uns auf«, überlegte Gerald laut. »Wir haben dies bisher immer bewusst vermieden«, sprach er weiter. »Du weißt, dass sie unbedingt heute abgeholt werden muss. Wir können sie nicht länger dort lassen.«

Sie fanden keine Lösung.

»Ich werde weiterhin Brian suchen«, sagte Peter abschließend.

»Und ich fahre demnächst los«, entgegnete Gerald. »Wir sprechen uns, wenn ich zurück bin.«

Einige Stunden später klingelte Peters Telefon. Er sprang auf und stürzte sich auf den Apparat.

»Katastrophe«, kam durch die Leitung.

»Du bist es! Was ist los?«, fragte er in einem Atemzug.

»Die Post ist verschwunden!«

»Bist du sicher?«

»Ganz sicher«, kam es zurück.

»Und warum bist du so sicher?«, wollte Peter wissen.

»Er wurde eindeutig identifiziert.«

Peter beendete das Gespräch mit Mildred.

Fragen nach dem Täter und dem Motiv durften nicht am Telefon besprochen werden. Auch das Internet war absolutes Tabu in der Organisation. Seine Gedanken überschlugen sich. Gerald musste informiert werden, dass es nur noch eine Lösung ohne Brian gab. Seine Beine fühlten sich an wie gekochter Spinat ...

Roxanne war an diesem Tag zur gewohnten Zeit zur Arbeit erschienen. Gegen Mittag tauchte Ted mit unausstehlicher Laune auf. Zwei Stunden später verließ er das grüne Haus wieder. Wahrscheinlich musste er sich um die Lieferung kümmern, die heute, am dritten August, vorgesehen war. Genau vor vierzehn Tagen erwähnte er dies am Telefon mit Gerald. Sie hatte sich damals das Datum notiert. Im gleichen Gespräch fragte er nach dem Ersatz von Wai Kei und machte Gerald auf die Anzeige in der Zeitung aufmerksam.

Das Telefon klingelte. Schlagartig wurde sie aus ihren Gedanken gerissen. Es war Inspektor Chan. Nachdem sie ihm automatisch ausgerichtet hatte, dass Ted nicht da war, versicherte er ihr, er wolle sich mit ihr unterhalten und sei bereits auf dem Weg in die Lok Ku Road.

Zehn Minuten später kamen sie, Inspektor Chan, Inspektor Leung und zu ihrer großen Überraschung Wai Kei! Sie stürzte sich auf Wai Kei und umarmte ihn.

Auf Anweisung von Inspektor Chan setzten sie sich im ersten Stock um den Schreibtisch von Ted. Nur Inspektor Leung war unten geblieben, um den Eingangsbereich des Hauses zu bewachen.

»Ich möchte von Ihnen erfahren, was sich in diesem Gebäude vom vierundzwanzigsten Juni bis heute zugetragen hat«, wollte der Inspektor von Roxanne wissen.

Roxanne erzählte, wie sie am Abend im Flur Ted beobachtet hatte, als er den Inhalt der Truhe auf den Boden geschmissen und sie angeschrien hatte, sie solle oben weiterarbeiten. Er habe sich wenig später verabschiedet und durch das Haus gebrüllt, er würde in einer Stunde zurück sein. Aus dem Fenster über der Eingangstür habe sie die beiden Männer gesehen. Sie seien mit einem Schrank oder einer Truhe aus dem Haus geeilt, hätten die

Straße überquert, das Möbelstück in den geparkten Kombi geschoben und seien davongebraust.

»Wer waren die Männer?«

»Ted und wahrscheinlich Gerald«, antwortete sie. »Da ich ihn nie zu Gesicht bekommen habe, bin ich nicht sicher, ob er es war.«

»Was geschah dann?«

»Ein paar Minuten nachdem die Männer das Haus verlassen hatten, habe ich gesehen, wie eine Frau im Garten am Hauseingang vorbei auf die Straße sprang und davonrannte. Seit diesem Tag fehlt die Truhe«, sprach sie weiter.

Der Inspektor hörte ihr aufmerksam zu, was sie zum Weiterreden anspornte.

Sie erzählte von dem Geheimgang, den sie entdeckt hatte.

»Was haben Sie genau gefunden?«

Bei der Beschreibung des geparkten Wagens mit der Nummer BC 2743 und des Golfschlägers wandte sich der Inspektor Wai Kei zu.

»Können Sie das bestätigen?«

»Ja, das kann ich allerdings«, hatte Wai Kei mit heiserer Stimme geantwortet.

»Sie haben Ihren Wagen immer dort unten geparkt, haben Sie mir gesagt?«

»Ja, ich habe immer dort unten geparkt.«

Der Inspektor hatte sich wieder Roxanne zugewandt, als die bedrohliche Stimme von Inspektor Leung sie erschaudern ließen.

»Halt! Bleiben Sie stehen!«

Mit einem Satz war Inspektor Chan zur Treppe gestürmt.

»Fordern Sie sofort Verstärkung an!«, hörten sie seine laute Stimme.

Völlig benommen folgten Wai Kei und Roxanne dem Inspektor nach unten. Gerald stand da, in Handschellen! *Das passiert ihm scheinbar öfters*, schoss es Roxanne durch den Kopf und sie dachte dabei an den Stanley-Markt.

Regungslos, mit gesenktem Kopf stand Gerald da, während er die letzten fünf Minuten Revue passieren ließ. Er hatte endlich das grüne Haus erreicht. Niemand hatte ihn kommen sehen. Er hatte neben dem Wagen von Wai Kei geparkt und war durch den unterirdischen Gang zum Haus gegangen. Die wertvolle Bronzestatue hatte er unterwegs sorgfältig in dem Raum mit den vielen Möbeln zwischen zwei Matratzen hingelegt. Sie war in eine spezielle Kunststoffverpackung eingewickelt. Leise hatte er die Geheimtür in der Holzwand geöffnet.

»Halt! Bleiben Sie stehen!«

Ein Polizeibeamter in voller Montur stand vor der Treppe.

»Was machen Sie hier?«, hatte Gerald um Fassung ringend gefragt.

Inspektor Chan war die Treppe hinuntergestürmt, gefolgt von Wai Kei und Roxanne.

Es wurde ihm schwindlig. Er hatte keinen Polizeiwagen in der Nähe des Hauses gesehen. Kalter Schweiß rann ihm die Stirn hinunter. Die Katastrophe vom vierundzwanzigsten Juni ging ihm zum wiederholten Mal durch den Kopf. Damit hatte das Unheil begonnen. Ted hatte mit dem Golfschläger auf Wai Kei eingeschlagen. Auf seine Frage, ob er tot sei, hatte Ted mit »Ja leider« geantwortet. Er habe ihm nur eine Lektion erteilen, nicht ihn töten wollen, hatte ihm Ted versichert. Ted war danach ins Haus gerannt und mit der leeren Truhe zurückgekommen.

»Die Truhe lässt sich nicht mehr schließen«, hatte Gerald geistesgegenwärtig in seiner Panik verkündet, »der Deckel ist verzogen!«

»Wie soll ein Toter aus einer Truhe steigen?«

Sie hatten den scheinbar leblosen Körper in die Truhe gehoben, die Truhe in den Wagen verstaut und waren davongebraust. Was dann geschah, verschlug ihm noch heute die Sprache. Diese Gedanken liefen blitzschnell in seinem Kopf ab, nachdem der Beamte ihm Handschellen anlegt hatte.

Roxanne betrachtete Gerald mit Interesse. Sie hatte ihn im Stanley-Markt nur von hinten gesehen.

Wenige Minuten später traten vier Polizeibeamte ins Haus. Begrüßungen fanden keine statt.

»Inspektor Leung, steigen Sie mit Herrn Wong und zwei Ihrer Kollegen den Gang hinunter und holen Sie die Skulptur, die für England bestimmt ist«, ordnete Inspektor Chan seinem Kollegen an. »Wir warten hier«, fügte er hinzu.

Roxanne staunte. Die Skulptur – welche Skulptur? Nach England? Gebannt folgte ihr Blick den Männern, die durch die Geheimtür verschwanden. *Gerald Wong*, wiederholte sie für sich.

Wenig später kamen sie mit einem großen, gut verpackten Gegenstand zurück. Inspektor Chan packte die Skulptur sorgfältig aus. Eine wunderschöne zierliche Tänzerin kam zum Vorschein. Es verschlug allen die Sprache. Geknickt schaute Gerald zu.

»Langjährige Haftstrafen werden für die illegale Ausfuhr von chinesischen Kunstobjekten ausgesprochen. Diebstahl kommt hier noch hinzu«, verkündete Inspektor Chan, während sein Blick Gerald eiskalt durchlöcherte.

Inspektor Chan und Roxanne stiegen nun zusammen hinunter. Er wollte sich vergewissern, dass die beiden Beweisstücke, die Pamela Bright erwähnt hatte, wirklich vorhanden waren. Der Golfschläger lag weiterhin zwischen einer Matratze und einem Stapel Stoff. Im Raum mit den beiden Wagen stellte der Inspektor fest, dass der Kombi mit der Nummer BC 2743 auf Pamela Brights Beschreibung passte. Der zweite Wagen war derjenige von Gerald Wong, hatte ihm Inspektor Leung mitgeteilt.

Sie kamen zurück, als das Mobiltelefon von Gerald klingelte. Gerald zuckte zusammen. Inspektor Leung hielt ihm das Gerät ans Ohr.

Gerald sagte nichts. Peter war dran.

»Ist alles gut gegangen, hast du die Ware?«, konnte der Inspektor mithören. Er schrieb Gerald eine Notiz, der Anrufer solle herkommen.

Roxanne wurde die Situation immer unheimlicher. Sie wollte auf keinen Fall in kriminelle Handlungen verwickelt werden. Sie hatte nichts mit den gestohlenen Kunstwerken zu tun gehabt, hatte nichts davon gewusst. Wie konnte sie Inspektor Chan davon überzeugen?

Sie musste ihm ihre Geschichte erzählen, sie hatte keine Wahl. Da sie auf die Person warteten, die Gerald angerufen hatte, ergriff sie diese Gelegenheit.

»Inspektor Chan, ich will Ihnen noch etwas erklären. Ich hätte Sie deswegen demnächst aufgesucht«, sagte Roxanne zu Inspektor Chan.

»Haben Sie nichts dagegen, dass alle Anwesenden zuhören?«

»Ganz im Gegenteil«, antwortete sie.

Der Inspektor bat zwei Beamte, Stühle aus den Büros nach unten zu bringen.

»Ich habe die Anzeigen in der Zeitung in Auftrag gegeben, unter dem Namen Mary Blunt.«

Gerald starrte Roxanne ungläubig an.

»Was hat Sie dazu bewogen?«, fragte der Inspektor erstaunt.

»Seitdem die Truhe verschwunden war und Sie, Inspektor, Ted öfters angerufen hatten, hatte sich Teds Laune stark verändert. Ich wollte wissen, warum Ted Sie mehrmals angelogen hatte, wenn von der Truhe die Rede war, und warum er jeweils aggressiv auf Fragen betreffend Wai Kei reagiert hatte. Ich wollte herausfinden, was mit Wai Kei geschehen war. Ihren Fragen nach wurde er polizeilich gesucht«, sagte Roxanne zum Inspektor. »Das hat mich bewogen, meine eigenen Nachforschungen zu anzustellen. Mit den Anzeigen, die besagten, dass Wai Kei noch lebt, habe ich Gerald und Ted getestet. Ihren Reaktionen nach war für mich klar, dass sie nicht unschuldig waren. Ich habe dann nach einem zweiten Zugang zum Haus gesucht. Als ich Wai Kei ein paar Mal gesehen hatte, war mir aufgefallen, dass er nie durch die Eingangstür gekommen war. Ich habe hier unten die Wände nach einem zweiten Eingang untersucht. Mit Erfolg«, sagte Roxanne weiter nicht ohne Stolz. »Ich habe die Geheimtür entdeckt!«

Gerald wurde einmal mehr durchgerüttelt.

In diesem Augenblick erschien Peter im Haus, er war in die Falle getappt. Zusammen mit Gerald wurde er von den vier Beamten in Handschellen abgeführt.

Inspektor Chan zückte sein Mobiltelefon und rief Pamela an.

»Kommen Sie bitte in einer Stunde zur Hauptpolizeistation in die Nathan Road!«

Pamela sagte gleich zu. Würde sie endlich die Wahrheit über das Verbrechen erfahren?

Nun war es das Mobiltelefon von Inspektor Chan, das klingelte.

»Bewahren Sie den Rapport unter Verschluss, bis ich komme«, sagte er nach einer Weile. »Superintendent Barber, sagen Sie«, vergewisserte er sich. »Bis gleich«, waren seine abschließenden Worte.

Nachdem das Haus verriegelt war und Roxanne dem Inspektor ihren Schlüssel übergeben hatte, brannte ihr noch eine Frage auf der Zunge.

»Wissen Sie, wo Ted ist?«, fragte sie den Inspektor.

»Verhaftet, als er aus dem Haus kam«, kam es kurz und knapp.

Erleichtert atmete sie tief durch. Die Typen waren verhaftet und Wai Kei war wieder da. Sie wollte nur noch nach Hause. Sie hatte keine Lust, der Vernehmung der drei Angeklagten beizuwohnen. Der Inspektor stimmte verständnisvoll zu und verabschiedete sich für heute von ihr. Wai Kei umarmte sie nochmals herzlich.

»Sie kommen mit zur Polizeistation in die Nathan Road«, sagte der Inspektor zu Wai Kei, nachdem Roxanne sich entfernt hatte. »Die Herren Gerald Wong, Peter Ko und Ted Chung werden dort verhört werden. Eine Zeugin, die die Tat am vierundzwanzigsten Juni beobachtet hat, wird ebenfalls anwesend sein«, sprach er weiter.

Nachdenklich schritt der Inspektor, gefolgt von Wai Kei, durch die Hecke. Den Wagen hatte er in der belebten Hollywood Road geparkt.

Er wusste, es würde ein langer Abend werden. Von der Nacht ganz zu schweigen ...

Abschlussberichte schrieb er nur nachts ...

In heller Aufregung hatte Pamela in der Zwischenzeit die Nummer von Mildred gewählt. Es klingelte. Endlich die Stimme von Mildred!

»Ich bin es, die Situation spitzt sich hier zu«, hatte Pamela ohne vorgängige Begrüßung ins Telefon gerufen.

»Hier auch! Meine Organisation ist wie ein Kartenhaus zusammengestürzt! Ich bin auch am Ende!«

Pamela traute ihren Ohren nicht. Ist sie jetzt völlig durchgedreht?

»Der Inspektor hat mich auf den Hauptpolizeiposten von Hongkong bestellt«, sprach Pamela trotzdem weiter. »In einer halben Stunde muss ich dort sein. Das Verbrechen von der Lok Ku Road soll aufgeklärt worden sein. Ich mach mich auf den Weg und ruf dich morgen nochmals an!«

Pamela hatte ein schlechtes Gewissen. Mildred hatte ihr so oft geduldig zugehört und ihr Mut gemacht. Es lag jetzt an ihr, Mildred zu helfen. *Was meinte sie mit »Auch ich bin am*

Ende«?, rätselte sie, während sie zur Handtasche griff.

Inspektor Chan hatte veranlasst, dass die Truhe während des Verhörs aufgestellt wurde. Sie stand zuvorderst im Raum. Auf der rechten Seite saßen Ted, Gerald und Peter in einer Reihe, ihnen gegenüber, auf der linken Seite, hatte Wai Kei Platz genommen. Der Stuhl neben ihm war leer. Inspektor Chan hatte sich neben die Truhe gesetzt.

Beim Anblick der Truhe stieg Gerald einmal mehr die Galle hoch.

»Woher haben Sie die Truhe?«, fragte er den Inspektor entrüstet.

»Eine junge Dame wird gleich hereinkommen. Stellen Sie ihr die Frage«, antwortete der Inspektor trocken.

Wai Kei hatte die Truhe verdutzt angeschaut. Er hatte sie geöffnet und nach seinem Namen gesucht. Die Buchstaben waren noch da.

Als Pamela hereingeführt wurde, war es Gerald zu viel.

»Wie bist du zu der Truhe gekommen?«, fragte er sie fauchend.

Auf Anweisung des Inspektors hatte sie sich neben Wai Kei gesetzt.

»Ein netter Markthändler hat sie mir verkauft«, verkündete sie stolz. »Jetzt verstehe ich, warum die Zeitungsanzeige zu deinem Asthmaanfall geführt hat. Du wusstest, dass Wai Kei noch lebt!«

Der Inspektor unterbrach weitere Anschuldigungen und begann ordnungsgemäß mit der Vernehmung der Angeklagten.

Nach der Aufklärung des Falles wandte sich der Inspektor Pamela zu.

»Ich fahre Sie jetzt mit der Truhe nach Hause!«

33

Nachdem Inspektor Chan Pamela nach Hause gefahren hatte, kehrte er in sein Büro zurück. Die Nacht durch saß er an seinem Schreibtisch. Es wurde hell, als er den letzten Satz des Abschlussberichtes schrieb. Hatte er nichts vergessen?

Wai Kei hatte am vierundzwanzigsten Juni im Stadtverkehr einen geparkten Wagen gestreift. Als er im grünen Haus ankam, gestand er Ted sein Missgeschick und erklärte, dass er sich der Polizei stellen müsse. Das kam für Ted nicht infrage. Nur keine Polizei! Wai Kei bestand aber darauf. Im Garten neben dem Haus packte Ted kurzerhand den Golfschläger, der auf dem Gartentisch lag, und schlug damit mehrmals auf Wai Kei ein, der zu Boden glitt. Ted wollte Wai Kei nicht töten, er wollte ihn nur einschüchtern, wie er im Verhör betont hatte.

Pamela Bright war an diesem Abend in der Lok Ku Road unterwegs, als sie ein Stöhnen vernahm. Sie stand auf der Höhe eines Gartens, der durch eine Hecke von der Straße getrennt war. Sie schritt durch die Hecke am Hauseingang vorbei und spähte um die Ecke. Sie beobachtete, wie Ted mit einem Golfschläger auf Wai Kei einschlug, der zu Boden glitt. »Du wirst nicht zur Polizei gehen«, sagte der Täter zum Opfer. Sie hatte sich hinter dem riesigen Baum versteckt. Eine zweite Männerstimme im Dunkeln fragte, ob er tot sei. Es war Geralds Stimme gewesen. Die Antwort hatte sie nicht mitbekommen. Nachdem sie gesehen hatte, dass die beiden Männer mit einer Truhe oder einer schmalen Kiste am Haus vorbei durch die Hecke verschwanden, folgte sie ihnen. Sie beobachtete, wie sie das Möbelstück in den gegenüber geparkten Kombi schoben und davonbrausten. Auf dem Nummernschild hatte sie nur BC und 4 erkennen können.

Um einundzwanzig Uhr vierzig stürmte Pamela Bright hier herein und schilderte mir ihre Beobachtungen.

Was danach an diesem Abend geschah, erzählten mir Ted und Gerald. Nachdem Ted sicher war, dass Wai Kei tot war, rannte er ins Haus zur alten Truhe und kippte den Inhalt auf den Boden. Roxanne hatte Ted dabei beobachtet. Auf Teds Befehl war sie die Treppe wieder hochgestiegen. Ted rannte mit der leeren Truhe in den Garten zurück. Zusammen hoben sie Wai Kei in die Truhe und eilten damit zum Wagen. Nachdem sie die Truhe in den Wagen geschoben hatten, fuhren sie die steile Straße in Richtung Peak hinauf.

Weder Ted noch Gerald hatten gewusst, dass Wai Kei ein durchtrainierter Sporttaucher war. Nicht nur seine Muskulatur, sondern auch seine Fähigkeit, minutenlang den Atem anzuhalten, retteten ihn vorerst. Mit seinem Rücken hatte er zwei Schläge auffangen können, danach hatte er sich tot gestellt. Nur so hatte er einen dritten Schlag verhindern können.

Dank des verzogenen Holzdeckels bewahrte die Truhe Wai Kei vor dem Ersticken und ermöglichte ihm die Flucht. Auf der Fahrt ritzte Wai Kei mit seinem Taschenmesser seinen Namen in die Holzwand ein.

Nach dem letzten Haus, oberhalb der Universität, gab es nur noch Urwald. Sie hielten an, öffneten die Hecktür und holten die Schaufeln heraus, die sie immer im Wagen mitführten. Während die Männer am Graben waren, schlich sich Wai Kei aus der Truhe im Dickicht davon. In einem Dorf dort oben versteckte er sich bei einem Freund. Am zweiten August suchte er die Polizeistation in der Nathan Road auf.

Pamela Bright hatte Mildred Brass in einem Brief das Verbrechen beschrieben. Anlässlich einer Einladung, bei der Pamela und Harry sowie auch Gerald eingeladen waren, hatte Pamela ihren Brief Harry zugesteckt, der ihn Mildred Brass persönlich übergeben sollte. Gerald hatte den Umschlag mit Mildreds Adresse in der Hand von Harry gesehen. Gerald hatte daraufhin einen Bekannten in London beauftragt, den Brief zu entwenden, bevor er in Mildreds Hände geriet. Dies gelang Axel, als er Harry in einer Cafeteria in Soho gefolgt war. Am selben Abend las Axel Gerald den Brief vor. Für Gerald stand fest, Pamela musste eliminiert werden. Sie hatte die Tat beobachtet. Sie durfte unter keinen Umständen den Kunsthandel aufdecken. Er kannte sie, er war sicher, dass sie ihre eigenen Ermittlungen betreiben würde. Gerald veranlasste einen missglückten Mordanschlag. Pamela wurde im dichten Verkehr auf die verkehrsreiche Des Voeux Road gestoßen. Sie wurde von einem Mann gerettet, Arthur Whitewood.

Zu dieser Zeit waren wir in Hongkong auf die Spur eines illegalen Kunsthandels gestoßen. Es hatte sich herausgestellt, dass regelmäßig Kunstobjekte im Süden Chinas aus Tempeln gestohlen wurden. Eine Spur führte zum Flughafen von Hongkong. Unsere Ermittlungen ergaben, dass sie mithilfe eines hohen Beamten des Flughafens unerkannt mit gefälschten Frachtdokumenten durch den Zoll geschleust wurden. Ein gewisser Peter Ko bereitete die Begleitdokumente und die Frachtformalitäten vor. Ein Herr Brian Lee reiste jedes Mal in der gleichen Maschine nach London Heathrow mit. In London wurden die Kunstobjekte wiederum von einem speziellen Beamten durch den Zoll gebracht und Brian Lee übergeben. Dieser war für die Übergabe der Objekte an die Firma Dragondress verantwortlich. Die

Inhaber der Firma Dragondress sind Mary und Michael Storm, beste Freunde von Frau Mildred Brass. Frau Brass war für den Verkauf der Objekte in England zuständig. Peter Ko gestand, dass er im Auftrag von Mildred Brass an diesem Handel beteiligt war, zusammen mit seinem Mitarbeiter Brian Lee.

Kommen wir zu den Ermittlungen von Superintendent Barber in Livinfield. Gestern wurde mir sein Bericht übermittelt.

Am zehnten Juli wurde ein Mann in Livinfield erschossen. Die Ermittlungen deuteten von Anfang an auf einen Bürger von Hongkong hin. Niemand schien ihn jedoch dort zu kennen. In diesem Städtchen wohnt Mildred Brass. Der Mann wurde mitten in der Nacht in der Nähe ihres Hauses aufgefunden. Es stellte sich heraus, dass der neue Butler von Frau Brass, Bill Partridge, der Täter war. Obschon dieser den Mann nicht kannte, erschoss er ihn. Traumatische Erlebnisse in seiner Jugend hatten ihn zu dieser unsinnigen Tat bewegt. Die Identität des Opfers wurde wenig später eindeutig ermittelt. Es handelte sich um Brian Lee, ausgerechnet den Kurier der Kunstschätze.

Weiter hatte sich herausgestellt, dass Brian Lee an diesem Abend Frau Brass mehrmals angerufen hatte. Warum er sie zu so später Stunde aufsuchten wollte, wird wohl sein Geheimnis bleiben. Tatsache ist, dass Mildred Brass Brian Lee kannte, obschon sie dies anfänglich abstritt. Frau Brass gab schließlich zu, für den Verkauf der Kunstobjekte, die über die Firma Dragondress eingeführt wurden, verantwortlich zu sein. Mary und Michael Storm waren beste Freunde von Mildred Brass. Sie hatte sie zu ihrem Geburtstag am Tag des Mordes eingeladen.

Der Bericht von Superintendent Barber endete damit, dass Mildred Brass es nicht fassen konnte, dass ausgerechnet ihr neuer Butler ihrer akribisch durchdachten Organisation den Todesstoß versetzt hatte. Gerald hätte ihrer Meinung nach Wai Kei ersetzen können. Aufgrund der Beobachtungen von Pamela wusste sie, dass es sich bei dem Opfer nur um Wai Kei handeln konnte und dass er tot war. Wie auch Gerald versuchte sie, Pamela an weiteren Nachforschungen zu hindern. Der Kunsthandel durfte unter keinen Umständen aufgedeckt werden. Sie gestand jedoch, dass der Verlust von Brian fatal war.

Die von Pamela Bright beobachtete Tat hat am zweiten August eine überraschende Wende genommen. Wai Kei hatte den Hauptpolizeiposten in der Nathan Road aufgesucht. Ich wurde darüber informiert und eilte dorthin . Er schilderte die Tat, die Pamela Bright beobachtet hatte, und beschuldigte Ted und Gerald des versuchten Mordes.

Er gab zu, Skulpturen nach Hongkong transportiert zu haben. Er wusste, dass die nächste Skulptur am dritten August bei Professor Lin, einem bekannten Kunsthistoriker in Rente, abgeholt werden musste. Gerald hatte ihm erklärt, dass Professor Lin die Kunstobjekte jeweils in diversen Galerien erwarb. Er hatte ihm eingetrichtert, dass der Handel ganz legal war, aber niemand davon erfahren dürfe. Etwa alle sechs Wochen waren ein oder mehrere Objekte für Hongkong bestimmt. Aus Sicherheitsgründen waren die beiden Parkplätze des grünen Hauses nur durch die Tiefgarage des benachbarten Gebäudes zu erreichen. Ted und Gerald hatten den unterirdischen Gang zum grünen Haus vor Jahren entdeckt.

Wai Kei hatte nicht gewusst, dass es sich um gestohlene Kunstgüter handelte. Er hatte auch nicht gewusst, dass die Skulpturen am nächsten Tag von Gerald zum Flughafen gebracht wurden und zum Verkauf in Europa bestimmt waren. Die Namen Peter Ko und Brian Lee sagten ihm nichts.

Der nächste Transport mit Kunstwerken war für heute, den dritten August, geplant. Es fehlten aber zwei Personen in der Organisation. Zum einen Wai Kei, der die Objekte nach Hongkong bringen sollte, zum anderen Brian Lee, der Kurier.

Gerald Wong hatte den Transport an diesem Tag übernommen. Dank Wai Keis Aussagen war er im grünen Haus mit der Skulptur auf frischer Tat erwischt und verhaftet worden.

Warum wurde der illegale Handel weiter betrieben, obschon Gerald und Ted wussten, dass Wai Kei nicht tot war? Nachdem sie die leere Truhe im Wagen vorgefunden hatten und Wai Kei verschwunden war, suchten sie ihn im Dickicht, im Strahl ihrer kleinen Taschenlampe. Erfolglos. Am nächsten Morgen hatten sie die Suche wieder aufgenommen. In der Nähe der Stelle, die sie aufgegraben und notdürftig wieder zugeschüttet hatten, fanden sie das zerrissene, mit Blut verschmierte T-Shirt von Wai Kei. Sie gingen davon aus, dass er von einem Tier angefallen worden war. Sein Tod hatte mit ihnen jetzt nichts mehr zu tun, befanden beide, genau was Wai Kei damit bezweckt hatte.

Er hatte sein T-Shirt zerrissen und mit Blut von Wunden, die er sich zugefügt hatte, verschmiert. Gut sichtbar hatte er es bei der halbwegs zugeschütteten Gruft hingelegt. Er wusste, dass sie zurückkehren würden. Sie sollten glauben, dass er diesmal wirklich tot war. Er hatte sein Ziel erreicht. Durch sein unvorhergesehenes Erscheinen am Tag des Transportes waren sie voll in die Falle getappt.

Zwei Tage später hatte Pamela nochmals ein Gespräch mit Inspektor Chan. Er teilte ihr mit, dass Mildred Brass festgenommen worden war. Pamela hatte ihm von dem verschwunden Brief erzählt. Jahrelang hatte sie mit einer Kriminellen telefoniert und war mit ihr befreundet gewesen. Sie konnte es nicht fassen. Gleich zwei Freundschaften hatten sich zerschlagen, diejenige mit Gerald und, weit schlimmer, diejenige mit Mildred. Sie war zutiefst enttäuscht.

»Seit wann wussten Sie, dass das Verbrechen kein Mord war?«, fragte Pamela.

Es wurde weder eine Leiche gefunden noch war eine Vermisstenmeldung aufgegeben worden, erklärte ich ihr. Ich hatte keine Fakten, die auf einen Mord gedeutet hätten. Dies wurde mit dem Erscheinen von Wai Kei bestätigt.

Kommen wir zur Truhe. Nachdem Gerald und Ted bemerkt hatten, dass sie leer war, nahm Gerald sie mit in sein Büro nach Kowloon. Sein Onkel, der mit Münzen und Medaillen handelt, hat sie bei ihm gesehen und Gerald angefleht, sie mitnehmen zu dürfen. Unter der Bedingung, dass er sie nie verkaufen dürfe, obschon kein Mord stattgefunden hatte, hatte Gerald nachgegeben.

Auch Roxanne hatte an diesem Tag Inspektor Chan getroffen.

Er hatte ihr die Ergebnisse der Ermittlungen dargelegt.

Sie war froh, dass sie mit der Firma nichts mehr zu tun hatte. Dass die Truhe in guten Händen war, freute sie besonders. Auf ihre Frage, bei wem sie war, staunte sie nicht schlecht. Ausgerechnet bei der Frau mit der dreieckigen Handtasche!

Jetzt kann ich meine Kündigung einreichen, da sowohl Wai Kei als auch die Truhe wieder aufgetaucht sind, ging es Roxanne durch den Kopf.

Es hatte sich von selbst erledigt ...

Ihr nächstes Ziel war ein neues Leben in Singapur.

An diesem Abend saß Pamela voller Bewunderung im Wohnzimmer vor ihrer Truhe. Vergessen waren Gerald und Mildred.

Der Drache strahlte sie an. Sie war glücklich!